IL PRINCIPE SCAPESTRATO

LEE SAVINO

La Bella e i Boscaioli

**Dopo quest'ultima stagione di taglio del bosco, chiu-
derò con il sesso. Per... un certo numero di ragioni.**

Ma prima di ciò, devo finire un lavoretto che mi fa guadagnare diecimila dollari più vitto e alloggio per 'intrattenere' 8
boscaioli. **Otto tipi forti e robusti alla Paul Bunyan, abbastanza grossi da spezzarmi in due.**

C'è Lincoln, il capo, il tipo severo e taciturno...

Jagger, praticamente il sosia di Kurt Cobain, con un
animo musicale e le movenze da rockstar...

Elon e Oren, due gemelli rossi che condividono tutto...

Saint, il genio silenzioso con un mostro nei calzoni…

Roy e Tommy, che si accontentano di guardare...

E poi c'è Mason, che mi odia e non vuol dire perché, ma nelle notti che toccano a lui cerca di farmi morire di piacere.

Mi possiedono completamente: corpo, mente e orgasmi.

Ma quando scoprono il mio segreto - il motivo per cui mi nascondo al mondo -, tutto cambia.

IL PRINCIPE SCAPESTRATO

Miliardario. Playboy. Principe. Il mio nuovo capo.

Theo Kensington, il miglior partito —o il peggiore— tra gli scapoli di tutto il mondo. Quindi, perché si è fatto ritrarre in un filmino porno, forse addirittura in tre? È l'erede della fortuna dei Kensington. Figlio di una principessa danese scomparsa da tempo. Proprio così: questo bello stallone alto, tatuato e dai capelli scuri è un *principe*.

Se non fosse che la regina fa finta che lui non esista. E il consiglio di amministrazione della Kensington vuole farlo fuori.

Qui entro in gioco io. Vesper Smith, consulente mediatica. Alias, quella che deve ripulirgli la reputazione. Ho quattro giorni per convincere questo ragazzaccio a comportarsi bene. Rifare la sua immagine e fargli mettere la testa a posto.

Il principe playboy, tuttavia, preferisce comportarsi male. E se non sto attenta, ci sarà una nuova co-protagonista nel suo prossimo scandalo: io.

CAPITOLO 1

"*H*a un cazzo dalle dimensioni dell'Empire State building, e un ego di pari misura", dice la bionda sullo schermo, con le sopracciglia perfettamente arcuate. Il giornalista di gossip seduto davanti a lei annuisce.

Metto in pausa e il video si interrompe proprio mentre la bionda si sporge in avanti per rivelare un altro succulento segreto sul cazzo di Theodore Kensington. Le sue tette sembra che stiano per saltare fuori dalla scintillante camicetta rosa.

"Sembra che qualcuno abbia già in mano un contratto per un libro-scandalo su una relazione con lui," mormoro al fermo immagine della bionda sullo schermo del mio telefono. "Quella frase non l'hai certo inventata tu da sola."

Faccio ripartire il video, preparandomi ad altre dichiarazioni piccanti. Mi sposto da una gamba all'altra per calmare il fastidio che mi danno i tacchi alti. Questo elegante porticato in marmo bianco non aiuta affatto i miei poveri piedi. Mi sono alzata alle cinque del mattino per potermi vestire, fare checkout all'hotel e arrivare in taxi in questo moderno edificio a nord della City di New York. Il taxista aveva appena varcato i maestosi cancelli quando il mio feed su Google ha iniziato a impazzire. Ho l'abitudine di mettere degli alert per essere sempre aggiornata su ciò che dicono i media sui clienti per cui faccio relazioni pubbliche.

"Theo Kensington ha alle sue spalle una lunga sfilza di flirt che hanno lasciato molti cuori infranti. È figlio di una principessa danese e di un uomo d'affari americano. È lui l'erede del patrimonio dei Kensington. Solo l'azienda di famiglia, la Kensington Inc., è valutata 400 miliardi di dollari."

"Ha risorse davvero… incredibili," ridacchia la bionda.

"Ha un titolo di principe, vero?"

"Esatto. Ma non ne parla volentieri. Principe o no, poco importa. A letto è un dio."

Metto di nuovo in pausa il video. La bionda sullo schermo non è la prima che chiama Theo Kensington un dio. Un anno fa, una famosa beniamina di Hollywood ha twittato: "Principe a un banchetto, dio dentro al letto," accompagnando il tweet con un'immagine del 'dio' nella sua camera da letto. Un dio molto nudo. Il tweet era poi stato cancellato, ma non prima di ottenere settemila Mi piace e numerosissimi retweet.

E adesso è di nuovo nell'occhio del ciclone. Principe o dio, è il nuovo incubo della mia attività di PR.

Mi infilo il telefono in tasca e suono di nuovo il campanello, ma non mi sorprende che non arrivi nessuno ad accogliermi. Lo staff del signor Kensington sta probabilmente guardando gli stessi canali mediatici che guardo io.

Un'ombra appare dietro i vetri colorati che abbelliscono entrambi i lati della porta e poi la serratura si apre con uno scatto. Sulla soglia appare un armadio di uomo con la testa rasata e una camicia button-down che a stento contiene i suoi muscoli gonfi.

Il signor Evans, capo della sicurezza di Theodore Kensington. "Lo ha visto?" dice Evans senza preamboli. "Il filmino porno?" "Sì, stavo giusto guardando l'intervista..." Faccio un rewind mentale

di quello che ha appena detto. "Aspetti, c'è un secondo filmino? Un altro?"

"È saltato fuori proprio stamattina."

Merda. Armeggio con il telefono. "Pensavo si riferissse all'ultimo, quello con la porno star... Mi spremo il cervello per ricordare il nome della bionda dell'intervista. "Pepper qualcosa."

"Pepper Spice. No, purtroppo. Questo è nuovo. Con una rossa. Almeno mi sembra che lo sia, non la si vede molto bene nel video. Il signor Kensington, invece..."

"Merda." Questa volta lo dico ad alta voce.

"Proprio così," risponde Evans, con un'espressione fosca in viso. Si china e prende la mia valigia. "Normalmente le lascerei il tempo di sistemarsi ma..."

"Dobbiamo portarci avanti su questa cosa," lo interrompo. "Dov'è..."

Una Maserati arancione fiammante risale il viale d'ingresso. Con i bassi sparati al massimo sfreccia attorno alla fontana, accompagnata dai Metallica e da urletti eccitati. L'aria trema quando l'auto si ferma. Tre donne scendono ridendo dalla decappottabile. Capelli stirati, tette enormi e miniborsette. Ci guardano appena, mentre percorrono un curatissimo sentiero che porta alla piscina.

Un uomo dai capelli scuri scende dall'auto, con lo stereo che spara ancora musica heavy metal come fosse una colonna sonora. Non si preoccupa di spegnere l'auto o di chiudere la portiera prima di lanciare le chiavi a Evans, che le prende al volo con un'espressione imperturbabile in volto.

"Me la parcheggi sul retro, Evans? Grazie, amico," dice il nuovo arrivato rivolgendomi un sorrisetto. Lo riconosco subito: la stessa faccia abbronzata e fichissima che compare sui giornaletti scandalistici di questa mattina.

Theo Kensington. Miliardario. Playboy. Principe.

Il mio nuovo capo.

CAPITOLO 2

È a torso nudo. È. A. Torso. Nudo. Chi può andarsene allegramente in giro per la North Shore, un mercoledì mattina qualunque, a torso nudo? Il principe Theo, ecco chi.

Si avvicina, con i muscoli del torace che guizzano. I muscoli non sono l'unica cosa che colpisce in lui. Dalla madre nordica e dall'aitante padre ha preso una struttura ossea perfetta e la pelle bronzea. Folte sopracciglia su occhi azzurri di quelli che dicono facciamoci-una-scopata. Lunghe ciglia folte e nere da fare invidia a una donna. Non ci sono aggettivi adatti per descrivere un uomo così carino. Anche i tatuaggi che percorrono sinuosi il suo busto e gli avvolgono quasi tutto il braccio destro nulla possono contro la sua bellezza. Il tatuaggio di una pantera gli corre lungo il fianco, sparendo sotto la cintura dei pantaloni.

"Ciao, bellezza," mi dice Theo con un sorriso che farebbe bagnare e sciogliere tutte le mutandine delle vicinanze. O forse solo le mie. Sono abbastanza sicura che le amiche di Theo non le portino.

I miei occhi vengono colpiti dalla V liscia che formano i

muscoli scolpiti, nella parte bassa del busto che scende all'inguine. Sento ruggire le mie parti basse come fossero il motore di una Maserati. Una vibrazione intensa e inconfondibile, proprio in mezzo alle cosce.

Merda. Ho iniziato il nuovo lavoro da dieci minuti e già faccio gli occhioni dolci al mio capo. Non ha nessuna importanza che sia il miglior partito - o il peggiore - tra tutti gli scapoli della East Coast... o forse di tutta la terra. Theo Kensington non è il tipo di ragazzo che presenteresti ai genitori. È uno da portarsi a letto, per parlarne poi con le amiche a bassa voce, con un tono di ammirazione, come una delle migliori scopate della tua vita.

O, come sta raccontando oggi a mezzo mondo sui giornaletti scandalistici una sgualdrinella biondastra, con un contratto per la pubblicazione di un libro.

"Signor Kensington." Gli porgo la mano. Lui la ignora, avvicinandosi un po' di più. Ho ai piedi le mie décolleté più alte e professionali, ma nonostante questo Theo mi sovrasta ancora. C'è una tale intensità in lui, un'energia così prorompente che è come una specie di potentissimo campo magnetico in grado di strapparmi via le mutandine, se già non si fossero sciolte.

Non c'è da stupirsi che così tante donne vadano a letto con lui. Non c'è da stupirsi di trovare ragazze famose nei suoi filmini porno privati. Non c'è da stupirsi che il consiglio di amministrazione dell'azienda di suo padre voglia farlo fuori.

"SonoVesper Smith," ritraggo la mano, perché è troppo impegnato a spogliarmi con gli occhi per stringerla. "La sua nuova consulente mediatica."

"Bello," dice con cadenza strascicata alle mie tette. "Non vedo l'ora che inizi a lavorare per me."

Mi irrigidisco. So di essere bella. Indosso un completo da lavoro grigio che mi mette in risalto gli occhi, anche se sono nascosti dietro a un paio di occhiali dalla montatura nera. I tacchi rendono le mie gambe assassine, regalandomi una decina di centimetri di più in altezza. Sono bella ma non volgare, anche se il mio nuovo capo mi squadra da capo a piedi come se fossi una modella da copertina che gli piacerebbe inchiodare sul cofano della sua Maserati.

Sento il cuore sprofondarmi un po': quest'uomo è un vero casanova. Mi spingo gli occhiali sul naso. "Signor Kensington," inizio a dire con tono più autoritario possibile. "Siete riuscito a farvi una gran bella reputazione. Se non starete un po' più attento..."

Theo mi interrompe. "Da dove salta fuori questa, Evans?" La musica si spegne mentre Evans gira la chiave nella Maserati. "Ci è stata caldamente raccomandata, signor Kensington."

"D'accordo. Vuole che faccia tornare indietro le signore?" Fa un segno con il pollice e capisco che sta parlando delle tre ragazze che sono appena scese dall'auto. "Possiamo scattare una serie di foto qui. Qualcosa che potrà pubblicare su Instagram."

Crede che il mio compito sia di gestirgli il profilo Instagram. "In realtà, abbiamo alcune questioni più urgenti da vedere. Dobbiamo preparare una dichiarazione, raccontare la vicenda dal nostro punto di vista. Pepper Spice ha già iniziato il suo tour promozionale..." Mi fermo quando fa un gesto infastidito con la mano verso di me.

"Che noia. Sei sexy ma parli come gli amici di mio padre." "Infatti sono stati loro a ingaggiarla," dice Evans. "Sono preoccupati che alla prossima riunione del consiglio di amministrazione i voti non saranno a suo favore."

Theo scrolla le spalle.

Io mi acciglio. "Rischia di perdere il posto nel consiglio di amministrazione di un'azienda che vale miliardi di dollari e non vuole nemmeno..."

"Scusate ma devo andare in piscina," mi interrompe Theo. "Ho delle amiche che mi aspettano." Mi squadra dall'alto in basso e ancora una volta sento quel campo magnetico che mi attrae, offuscandomi la mente, facendomi venir voglia di strapparmi di dosso i vestiti e fare scelte poco opportune. "Puoi venire a unirti a noi... se hai un bikini da metterti." Dopo avermi fatto l'occhiolino, si allontana a lunghe falcate.

Mi giro sui tacchi per guardare Evans. "Mi faccia vedere il filmino porno, poi scenderò in piscina. Io e il signor Kensington dobbiamo fare una chiacchierata."

* * *

EVANS MI GUIDA lungo gli ampi corridoi della magione, passando davanti a dipinti giganteschi di paesaggi, navi alla deriva nel mare in tempesta e un Bacco che conduce un gruppo di ninfe e di satiri verso un prato per una festa orgiastica a base di vino e sesso. Ci sono anche alcune statue, tra cui una copia in marmo rosa della Venere di Milo.

"Chi è stato ad arredare questo posto?" chiedo.

"Il defunto signor Kensington aveva ingaggiato un collezionista d'arte che ha scelto queste opere."

Passo davanti alla figura nuda in punta di piedi. "Il padre di Theodore Kensington era di origine turca, vero? Un immigrato?" Avevo dovuto fare ricerche per risalire a quell'informazione. Il signor Kensington senior non voleva si sapesse troppo in giro che era un immigrato.

"Un immigrato che è diventato un magnate miliardario," conferma Evans. "E che si è innamorato di una principessa."

"Kensington non suona esattamente turco."

"Ha cambiato il cognome quando ha ottenuto la cittadinanza." "Come il nonno di Donald Trump, che ha cambiato il cognome Drumpf per renderlo più vendibile."

"Esattamente." Non mi sfugge il tono asciutto di Evans,

mentre entra in una stanzetta buia. Tazze da caffè vuote sono disseminate sulla scrivania sotto i numerosi schermi a parete. Un paio di guardie di sicurezza annuiscono, mentre Evans mi presenta.

"Quindi lei è quella che dovrebbe ripulirgli la reputazione," dice uno di loro. "Ripulirà anche lui?" La guardia indica lo schermo, dove si vede Theo allungato in posa su un trampolino di fronte a un pubblico di donne in bikini. Una è già in topless. La seconda guardia di sicurezza zooma la videocamera su di lei.

"Farò del mio meglio," dico, mentre Evans mi passa un laptop. Mi conduce verso un angolo più discreto e mi dà un paio di cuffie. Mi tolgo la giacca e faccio partire il video. Il petto muscoloso di Theo e le bambole bionde in bikini si sollazzano nello schermo più grande, mentre mi concentro su figure simili sul piccolo schermo che ho in grembo. Ho la sensazione di spiare da un buco un peepshow tutto per me.

Niente di nuovo.

Non so come ho fatto a diventare un'esperta mondiale nel porre rimedio a scandali sessuali, ma dopo aver trattato cinque casi consecutivi

- tre star dello sport accusate di molestie sessuali, un senatore donnaiolo e l'amministratore delegato di una start-up con i pantaloni calati durante un'orgia selvaggia, una settimana prima che la sua azienda entrasse in borsa - mi sono fatta una certa reputazione. *"Vesper Smith riporta i cattivi ragazzi sulla buona strada".* Aveva titolato *l'Huffington Post* il mese prima.

Sì, mi tengo al corrente anche su cosa scrivono di me.

Devo dire che tra tutti i filmini porno che ho visto, quelli di Theo Kensington sono i migliori. Ha una bella schiena muscolosa, che si flette con le natiche al ritmo dei suoi affondi. Stringe le mascelle e fissa lo sguardo sullo specchio sopra al letto. È come se stesse guardando me.

Poi lo tira fuori, e io gli do una bella occhiata. Sarà venti-cinque centimetri buoni.

Il filmino finisce. Lo guardo di nuovo, sentendo ogni sua spinta nel profondo del mio ventre.

"Cosa si fa, allora?" chiede Evans quando i grugniti e gli urletti sullo schermo si concludono per la seconda volta.

Espiro forte, sperando nessuno si accorga che ho i capezzoli inturgiditi sotto la camicetta.

"Brutta situazione, non è vero?" esclama Evans.

"Brutta ma non irreparabile. Dobbiamo fornire ai media una nuova storia: 'Il principe playboy si è ravveduto.'" Alzo le mani facendo il segno delle virgolette con le dita. "Ha saltato la cavallina per un bel po', ma adesso è pronto a cambiare strada. Gli uomini sono fatti così, prendere o lasciare. Sarà anche maschilista, ma i media lo accetteranno. Gli basterà un anno comportandosi come un monaco, occupandosi di bene-ficenza e, soprattutto, stando lontano dalle testate scandali-stiche, e il miracolo sarà compiuto. Non dovrà più andare in giro a petto nudo." Mi raddrizzo gli occhiali e alzo lo sguardo verso Evans. Ha le braccia incrociate sul petto muscoloso, e un'aria piuttosto scettica. "Funzionerà. So quello che faccio."

"Lo so," dice Evans. "È per questo che l'abbiamo ingaggiata."

"Okay, allora iniziamo a pianificare l'agenda. Prima di tutto delle scuse ufficiali. Poi alcune donazioni a un ente di beneficienza e qualche comparsa a cene dell'alta società." Annuisco. Mi vedo già la scena nella testa: Theo pulito e garbato, i tatuaggi debitamente nascosti sotto l'abito scuro. Conosco già il copione della redenzione del ragazzo scape-strato. Alla perfezione.

"Si direbbe fantastico," dice Evans. "Esattamente quello che ci vuole. Ma non può funzionare."

"Perché, che problema c'è?"

"Non abbiamo un anno a disposizione."

"Hmm," mi tamburello la punta della biro sulle labbra. "Possiamo lavorare con una tempistica più breve."

"Abbiamo una settimana."

"Una settimana!"

"Tra una settimana deve comparire davanti al consiglio di amministrazione. Sarà lì che si deciderà il suo futuro. E non è tutto." Ha un attimo di esitazione. "C'è anche la faccenda della regina. Circolano voci che stia finalmente chiedendo in giro di suo nipote, e pare che non le piaccia quello che le riportano."

"La regina? Sarebbe a dire, la regina di Danimarca?"

"Sì."

"Non sapevo nemmeno che ci fosse, una regina in Danimarca." "Il potere è detenuto dal Parlamento, proprio come in Inghilterra. Ma la regina è ancora una figura importante. E sua figlia era la madre del signor Kensington."

"Una figlia disconosciuta," lo correggo. Su questo, quantomeno, mi sono documentata. "Ha lasciato il suo paese a vent'anni, ha iniziato l'università a New York e poi l'ha abbandonata. Si è innamorata di un uomo d'affari emergente. Da quanto ho capito all'epoca il signor Kensington possedeva soltanto cinque hotel."

Evans annuisce.

"La principessa è rimasta incinta e si è sposata, e quando la regina lo ha scoperto l'ha rinnegata," preciso concludendo il racconto. "Per poi pentirsene quando la figlia è morta a seguito di complicanze intervenute durante il parto."

"Lasciando un figlio neonato e un magnate con il cuore spezzato." Scuoto la testa. "Dev'essere stato doloroso."

Evans fa uno sberleffo. "Se lo è stato, la regina non lo ha mai dato a vedere. Non ha incontrato suo nipote neanche una volta." "Non intendevo dire per lei. Volevo dire per Theo, il signor Kensington junior." Mi lascio ricadere lentamente contro lo schienale della poltrona. Figlio unico, ora orfano, respinto dalla famiglia reale di origine. Allontanato dal... trono a cui avrebbe diritto? Esistono ancora i troni? "D'accordo. Ci posso lavorare sopra." Passo mentalmente in rassegna i miei contatti. Lo posso fare. Chiedere favori. Pianificare servizi fotografici. "Posso farcela, in una settimana."

"C'è un altro piccolo problema," fa Evans. "Lui non lo farà mai." La mia mente sta ancora lavorando febbrilmente attorno a come trasformare da un giorno all'altro un giovane scapestrato, ricchissimo e tatuato, in un esponente dell'alta società dai modi garbati e con l'innocenza di un chierichetto. "Non farà mai cosa?"

"Niente di tutto questo. Le scuse pubbliche, gli eventi di beneficienza." Evans scuote la testa. "Al signor Kensington non interessa mettersi a rigare dritto. Alcuni membri del consiglio di amministrazione erano amici di suo padre. Hanno assunto lei per salvargli la reputazione e dargli un'ultima possibilità. Ma lui se ne frega."

"Allora ha bisogno di uno psicologo, non di qualcuno che gli salvi la reputazione," dico con asprezza.

Evans scrolla le spalle. "Con quello che la paghiamo può benissimo fare entrambe le cose."

CAPITOLO 3

entre vado verso la piscina, mi costringo ad assumere un'espressione seria, quella che vedevo usare così spesso dalla signorina Mavery, la bibliotecaria del mio liceo. Ho scoperto che funziona sia con i ragazzi che allungano troppo le mani che con i clienti che non si comportano bene. Abbinata al mio completo professionale e al mio equilibrio imperturbabile, nessuno mi può fermare.

Almeno spero.

Seguo il suono della musica rock che arriva dalla piscina. Il mio atteggiamento ben studiato viene un pochino meno quando il tacco si incastra in una fessura del pavimento. Tempo di liberare il piede e tutta la platea è rivolta verso di me: una manciata di uomini e almeno il doppio di donne. E Theo, sempre a petto nudo.

"Sei licenziata," mi urla, mentre mi avvicino. Le ragazze attorno a lui scoppiano a ridere.

Io continuo a scendere i gradini di marmo, passando davanti a siepi di varia foggia e a statue di ninfe svolazzanti. Percepisco un tema ricorrente. Forse crescere in mezzo a tutti questi esempi di arte lasciva ha portato Theodore Kensington a credersi inconsciamente una specie di Bacco dei nostri giorni. Sorrido a me stessa. "Arte e la Psiche del playboy", sarebbe un titolo fantastico per una tesi. La signorina Mavery l'adorerebbe.

"Ho detto che sei licenziata," ripete, con un tono serio nella voce. Questo non è solo Theo, il ragazzaccio a cui piace esibirsi davanti al pubblico. Questo è Theodore Kensington, che mi sta mettendo alla prova per vedere come reagirò. Se sarò in grado di tenergli testa.

"Mi licenzi pure." Mi fermo davanti al suo lettino da piscina. "Ma non sono qui a rappresentare lei. Rappresento il suo cazzo." Indico i suoi pantaloncini da bagno. Per fortuna li indossa, altrimenti qui attorno ci

sarebbe già una mezza orgia in corso, e non credo che il signor Evans apprezzerebbe.

"Il mio cazzo sa difendersi da solo," risponde Theo, facendo partire un'altra serie di risatine.

"Oh, ne sono certa. È proprio questo il problema. Il suo cazzo sta ricevendo recensioni entusiastiche nei notiziari di intrattenimento. A quanto pare, si è appena esibito nella migliore delle sue performance. Lei è un uomo adulto, ormai" e qui entro perfettamente nella parte della signorina Mavery, "che è stato colto in fallo con le brache calate e qualcosa in più delle dita nella marmellata."

Theo fa un mezzo sorriso. C'è un barlume di intelligenza dietro a quella sua aria da modello. *Grazie a Dio. Avrò forse qualcosa su cui poter lavorare.* "Il che crea un problema nelle mie relazioni pubbliche, suppongo."

"Caro signor Kensington, è lei il problema delle sue relazioni pubbliche." *Lei e il suo harem.* Oltre alle tre donne che ho visto saltare giù dalla sua macchina stamattina, ce ne sono altre quattro, tutte con addosso i bikini più striminziti che siano mai stati inventati. Tanto varrebbe che avessero addosso dei pezzetti di stringhe. E portano tutte i tacchi alti. Chi ha mai visto portare i tacchi alti con il bikini?

Theo inclina la testa di lato. "Come hai detto che ti chiami, già?" "Vesper Smith. Sono stata assunta da amici di suo padre per dare una ripulita alla sua immagine."

"A me va benissimo la mia immagine così com'è. Lo sai come mi chiamano?"

Incrocio le braccia, chiarendo in modo evidente che non ho nessuna intenzione di ripeterlo.

"Il dio della scopata," dice. Le ragazze ridacchiano, ma non sta recitando per loro, adesso. L'ho punzecchiato. Lo spettacolo è tutto per me. "E lo sai perché?"

"È un gioco di parole. 'Theo' è la radice greca per 'divinità.'" *Grazie, signorina Mavery.*

Theo sbatte le palpebre.

Il ragazzo accanto a lui scoppia a ridere. "Theo, la tua nuova PR è una vera secchiona."

"Sto bevendo un Martini," una delle ragazze alza il bicchiere, "mi sai dire la radice greca di questo?"

Scuoto la testa. Le deficienti al seguito di Theo ridono come delle matte, ma lui mi studia in silenzio.

"Quanto ne sai di greco?" mi chiede un tizio dall'aria da surfista. "Che cazzo te ne frega?" gli dice aggressiva una donna con le unghie e i capelli rosso fuoco e con un bikini in pendant. "Lo sai com'è il sesso alla greca, vero?" mormora all'orecchio della rossa, che si mette a ridacchiare.

Scuoto la testa con aria disgustata.

"Manco per il cazzo," fa la rossa indicandomi. "Guardala, sta arrossendo come una verginella."

"Cazzo," esclama il primo ragazzo. "Secchiona e anche vergine. Conosco qualcuno che potrebbe aiutarti a disfarti dell'etichetta di Pura Lana Vergine." Dà un colpo sulla schiena a Theo.

"Adesso basta, ragazzi," ordina lui imperioso prima di

avvicinarsi a me. Invadendo troppo, decisamente troppo, il mio spazio. Alzo la testa per guardarlo negli occhi, costringendomi a non arretrare.

"I tuoi amici sono dei cretini," gli dico.

"Non dargli retta. Non hanno mai visto una consulente mediatica bella come te."

"Guarda che non ho nessuna intenzione di venire a letto con te," gli dico. "Non cercare di lusingarmi."

"La signora protesta troppo, mi sembra" dice citando l'Amleto, e a quel punto sono io a sbattere le palpebre. "Penso che ti piaccia. Penso che tu voglia che ti lusinghi."

Mi spingo gli occhiali sul naso, più per aggiungere dello spazio tra di noi che per aggiustarli. La mia mano quasi gli sfiora i tatuaggi sul petto. Mi chiedo se possa sentire quanto mi batte forte il cuore.

"Sei un po' troppo bacchettona, Vesper Smith. Forse il mio amico non ha tutti i torti. Hai bisogno di un po' di terapia-Theo. Facciamo così." Si china su di me, sfiorandomi l'orecchio con le labbra. "Tu correggi la mia immagine, e io ti toglierò l'etichetta di Pura Lana Vergine."

"Non sarà necessario," ribatto. Lui scoppia a ridere.

"Sto scherzando. Io non me le scopo le vergini."

Urlargli, "non sono vergine" non mi farebbe guadagnare punti, perciò giro sui tacchi e me ne vado.

Ho le guance in fiamme. Non tanto per il suo prendermi in giro. Cazzo, c'è una tale attrazione sessuale tra me e Theo, che potrebbe mettermi incinta anche solo guardandomi.

Gli dei lo facevano, giusto? Puf! Ed eri incinta. Quella sì che sarebbe una storia da raccontare. Il signor Evans non se la berrebbe, ma qualsiasi donna che è stata vittima di quel tipo di fascino potrebbe capirla.

Lancio occhiate alle statue greche nude, mentre ci passo davanti. Evans mi sta aspettando alla porta della villa.

"Abbiamo un problema," mi dice. "Ho appena parlato con la Danimarca."

"La regina ha visto le notizie?"

"Sì. Ma è anche pronta a riconoscere suo nipote."

"Sono passati quasi trent'anni. Perché proprio adesso?"

"Credo che abbia finalmente deciso di fare ammenda. Ha revocato la messa al bando della figlia defunta."

"Un pochino tardi per quello." Povero Theo, perdere la madre alla nascita ed essere costretto a sopportare il peso delle sue colpe. "Più che altro è una formalità, per poter cambiare la linea di successione."

"Che cosa?"

"Il figlio della regina è malato, e lui e la moglie non hanno figli. Quando morirà..."

"Theo sarà il prossimo nella linea di successione," il mio cervello vortica febbrilmente. "È per questo che si è messa in contatto." "Lo ha chiamato in udienza nella sua residenza privata. Per venerdì."

"Questo venerdì?"

"Esatto. La regina lo vuole vedere tra quattro giorni."

* * *

"ALLORA, COME STA ANDANDO?" cinguetta la mia amica. Io faccio una smorfia e mi passo il telefono sull'altro orecchio.

Dovrei setacciare i miei contatti nel mondo mediatico, chiedere favori e cercare su Google cosa si indossa in un'udienza con la regina di Danimarca, ma tra Evans che sbraita di fare causa a tutte le donne che sono andate a letto con il suo capo e la festa a base di rock heavy metal nel giardino dietro a casa di Theo, mi è venuto il mal di testa.

Guardo accigliata la mia valigia. Da qualche parte lì dentro dev'esserci un tubetto di aspirine.

"Heilà? V?"

"Un attimo, Mina."

"Prima mi chiami e poi mi metti in attesa?" Scoppia a ridere. "No, scusami. Avevo soltanto bisogno di trovare una cosa." Prendo il tubetto di analgesici da una tasca nascosta e lo apro con le unghie. Inghiottisco due aspirine, dopo averle sciolte nell'acqua. Mi ci vorrebbe della vodka con il Valium, in realtà. "Okay, eccomi. Cosa mi avevi chiesto?"

"Del tuo primo giorno di lavoro. Come sta andando?"

Mina è la mia migliore amica, e l'unica persona a cui non racconto bugie. "Vorrei andarmene a gambe levate."

"È solo un tuo cliente, non sei stata assunta, giusto? Digli che lo molli e basta."

"Sono stata ingaggiata per fare un lavoro e lo farò" dico, cercando di non digrignare i denti. "Non mollo."

"Meglio così, allora. Quindi chi è il tizio per cui lavorerai? Cosa ha combinato?"

"Hai mai sentito parlare della catena di alberghi Imperial?" "Quegli alberghi di lusso? Tipo i Four Seasons?"

"Esattamente. Il padre del mio cliente è partito con un hotel, e da lì ha creato la catena. La Kensington Inc. fa molto di più adesso, non solo possiede altre catene alberghiere, ma hanno anche una compagnia aerea e…"

"In sostanza, il figlio di papà ha i suoi cavoli amari."

"E anche qualche problema piuttosto serio."

"Come si chiama?"

Faccio un sospiro. "Theodore Kensington."

"Ma dai… Ho appena visto una cosa su di lui…" La sento che sta digitando sulla tastiera del computer. "Oh, oh. Oh, oh." Sento la sua voce divertita. Me la immagino mentre scorre le foto di Theo. Qualcuna dove lui compare con le sue fidanzate celebri, altre sul tappeto rosso, altre ancora scattate da paparazzi a sua insaputa. La macchina fotografica rende giustizia a Theo. Il sorriso bianco abbagliante sulla pelle abbronzata, la quantità di muscoli sul suo petto nudo a spiaggia...

"Eh, già."

"È molto fotogenico."

"Mmm mmm." *Aspetta e vedrai.*

"Oh, wow. Oh, wow. Santo..."

"Sì. Quello è il suo cazzo."

"Sembra che qui tu abbia un grosso problema. Sì, proprio un grosso, grosso... problema." Mina ridacchia.

"Lo so." Mi passo una mano sulla fronte, sperando che gli analgesici facciano presto effetto. "Non mi è mai capitato che un filmino porno di un cliente finisse online il giorno stesso in cui iniziavo a lavorare per lui."

"Be', Vesper, te li vai proprio a cercare. E quindi, cos'hai intenzione di fare?"

"Come prima cosa devo convincerlo a darsi una regolata. Sembra che non gli interessi affatto fare il bravo ragazzo."

"E allora? A te piacciono i cattivi ragazzi."

"Non fino a questo punto." Le racconto di come si è comportato da stronzo alla piscina.

"Uh, uh," fischia lei. "È come un bambino delle elementari che tira i sassi alla ragazzina che gli piace."

"Ma no, cosa dici!"

"Sto dicendo sul serio! Sembra che il principe playboy si sia preso una cotta per te."

Non le dico che la cosa è reciproca.

"Ascolta, Mina, ti ho chiamata per sapere se potevi cercare una cosa per me." Mina è un vero mago con il computer. Brava da far paura. Mi ha aiutata a tirar fuori non so quanti segreti e a seppellirne altrettanti. Le dico di cosa ho bisogno.

"Posso farlo, nessun problema. Dimmi solo una cosa..."

"Che cosa?"

La voce di Mina diventa suadente, sembra quasi fare le fusa. "Di persona è fico come appare in video?"

Faccio una smorfia. Non posso mentire alla mia migliore amica. "Ancora più fico."

"Cazzo. Allora sei completamente fregata. Come minimo, se sei fortunata."

"Mina! Io non vado a letto con i miei clienti." *Non più.*

"Ancora peggio, allora." Mina digita velocemente sul computer, il rumore ricorda quello di una cascata d'acqua. "Va bene. Io mi occupo di trovarti quello che ti serve. Tu occupati di partire con il piede giusto con il tuo cliente."

"È proprio qui il punto. Non so proprio come fare."

"Sì che lo sai. Usa il tuo fascino."

"Non faccio più queste cose." Mi tocco gli occhiali.

Ride. Non ho segreti per Mina. "Non intendevo in quel senso. Ma... non c'è niente di male a usare un po' di quello che la natura ti ha regalato per portarlo dalla tua parte."

"No," sibilo nel telefono. "No. Sono una professionista. Il fatto che sia bionda non significa che sia una bambola sexy."

"Non hai bisogno di dimostrare di avere cervello, V. Hai una laurea e un master da due delle migliori università del paese. Nessuno mette in dubbio le tue capacità."

Mi tolgo gli occhiali e li pulisco, aspettando il momento giusto per interromperla.

"Hai anche un fisico da urlo," continua Mina. "Anche se non fai nulla per ostentarlo. Ma non freghi nessuno, nascondendolo sotto i tuoi tailleur. Sei una gran fica, e su questo non ci piove. Perché non riconoscerlo?"

Tamburello le dita sul davanzale della finestra. A poche centinaia di metri, una biondina sta sgattaiolando attorno alla piscina, con una camminata mezza da modella e mezza da spogliarellista. Ha Theo come obiettivo.

"Cerca di affascinarlo," dice Mina, "o perderai un cliente."

"Io non perderò proprio niente."

"Allora vuol dire che sai cosa devi fare."

Dopo che Mina ha riattaccato, il mal di testa si attenua trasformandosi in un palpito insistente. Socchiudo la finestra per far entrare un po' d'aria. Mi arrivano urla e risate. Il ritmo della festa sta crescendo. La musica è più forte. Il sole più caldo. È una bella giornata. Splendida a dire la verità.

Vaffanculo.

* * *

Dieci minuti dopo, passo ondeggiando sulle mie Louboutin davanti alle statue delle ninfe. Prima di scendere in piscina, slaccio la cintura del

mio abito a portafoglio e me lo sfilo. Sotto, indosso un bikini nero. Un po' più coprente dei pezzetti di stringhe che indossano le altre ragazze, ma non più di tanto. Appendo l'abito a una delle statue e continuo a camminare rimanendo in bikini e tacco dodici.

Chi porta i tacchi con il bikini?

Io, per far girare la testa a un cliente.

"Ehi, Pura Lana Vergine" mi urla Theo dal trampolino. Tutta la platea gli fa il coro, scoppiando in un applauso quando Theo si tuffa in profondità. Io sorrido facendo un salutino con la mano e mi prendo un drink.

Arrivo fino al fondo della piscina, dove mi fermo accanto a un'altra statua di marmo bianco. Questa rappresenta un maschio, e piuttosto ben dotato. Faccio un brindisi a lui e ai suoi gioielli e prendo un sorso di liquore. *Paese che vai...*

Due secondi dopo Theo riemerge dall'acqua proprio davanti a me, con le spalle scure sgocciolanti. I suoi muscoli si contraggono mentre si spinge per uscire dalla piscina, poi viene verso di me, con rivoli d'acqua che gli scorrono sui contorni tonici dello stomaco. Il tatuaggio della pantera ruggisce sul suo fianco. Quella pantera è in cerca di una preda.

"Stai bene in bikini. Adesso rimangono solo gli occhiali da togliere." Allunga la mano per afferrarli ma io la allontano, scuotendo la testa. Mi sfodera un sorriso di quelli da far sciogliere le mutandine. "Immagino che la vera festa inizi quando ti togli questi."

Che stronzo. È un vero stronzo. Ma con quel modo che ha di dire le cose - anche le più terribili -, inclinando la testa con un lievissimo accenno di invito negli occhi, non posso fare a meno di provare per lui una fortissima attrazione. Ci sono vari livelli nella sua performance da playboy, come se soppesasse fino a dove può arrivare. *Sto solo facendo un po' lo scemo;* mi dice il suo sorriso. *Hai voglia di fare un po' la scema con me?*

Cazzo, Vesper, sarai o no in grado di scegliere! Stringo il bicchiere con più forza e gli faccio un cenno con il capo. "Signor Kensington."

"Chiamami Theo."

D'accordo, allora, ti darò anch'io del tu. "Theo. Bella festa."

"Mi fa piacere che ti sia unita a noi. Vedo che hai deciso di arrenderti."

"Proprio per niente," dico, portandomi il bicchiere alla bocca. Reggo il suo sguardo mentre bevo. Quando poso il bicchiere mi guarda con un'aria nuova, più rispettosa. *Finalmente.* "Dobbiamo parlare."

"Mi piace parlare." Si appoggia alla statua, mettendosi in una posizione tale da coprirmi alla vista degli altri con il suo corpo. Siamo in un nostro mondo privato, qui. Il cuore mi batte forte. "Mi piace anche fare altre cose."

"Lo so. Ho visto cosa ti piace fare."

"Oh, non hai ancora visto tutto."

"Ah, davvero? Be', quello che ho visto mi basta." Indosso i panni della signorina Mavery. "Non c'è niente di strano che le persone famose si comportino da stupide. È consentito, quasi preteso. Ma tu non sei soltanto una persona famosa. Tu sei l'erede di una grossa fortuna e il figlio di una principessa."

Fa un verso che è una via di mezzo tra un sospiro e un ringhio, voltandosi a guardare la festa dietro di noi.

Mi appoggio a lui per attirare la sua attenzione.

"Tuo padre ha costruito un impero dal nulla e tu lo stai sperperando. Di solito ci vogliono almeno tre generazioni per passare dalla povertà alla ricchezza e poi di nuovo alla povertà. Tu stai provando a riuscirci in due sole."

"Non ho intenzione di fare figli."

Faccio un respiro profondo. "E poi c'è la questione di tua nonna." Il volto di Theo si fa freddo, inespressivo. Tutta la sua aria da adolescente scompare per lasciare il posto a un uomo arrabbiato, amareggiato. Sempre bello, comunque. "Cosa c'entra lei, adesso?" "Vuole riprendere i contatti. Vuole…"

"No," risponde secco.

"No? Fammi capire. La regina della Danimarca ti convoca per un'udienza e tu avresti intenzione di darle buca?" Mi avvicino un po' di più a lui. Se faccio un altro passo le mie tette gli sfioreranno il petto. *Affascinalo.*

Dà un'alzata di spalle.

"Non sei nemmeno interessato a sapere il motivo per cui ti vuole incontrare?"

Abbassa la testa e strofina il naso sulla mia spalla. "Sono altre le cose che mi interessano." Mi sfiora la pelle con le labbra e io sento un brivido percorrermi in tutto il corpo.

"Che tensione," mormora lui. "Hai bisogno di un bell'orgasmo. Posso aiutarti se vuoi."

"Magari più tardi," dico con la voce più vivace possibile, ignorando il fatto che la mia libido sia passata da zero a cento in tre secondi. "Spero che tu mantenga la promessa, allora," dice Theo, e l'idea di quella promessa mi fa rabbrividire.

Mi schiarisco la gola e proseguo. "Tuo zio è malato. Potrebbe morire e questo fa di te il prossimo nella linea di successione. Sarai il principe ereditario."

"Non voglio essere un principe," mormora. Il suo fiato caldo mi solletica la pelle. "Sono già un dio e mi basta."

"Tu non sei nessun dio." Infilo un braccio tra noi due e mi aggiusto gli occhiali sul naso per potergli lanciare un'occhiataccia da vera signorina Mavery. "Sei una Paris Hilton in versione maschile."

"Grazie," sogghigna.

"Smettila," gli spingo il petto. Questo petto gocciolante d'acqua, duro come la pietra, che non potrebbe essere più perfetto se fosse stato scolpito da Michelangelo. "Questo atteggiamento da playboy ti stuferà prima o poi. Anche se ti conosco ancora poco, posso già vedere che sei più intelligente di come vuoi far credere."

Si raddrizza, guardandomi con occhi che hanno il colore del caffè, tanto sono cupi. "E quindi cosa vuoi che faccia?" Sembra serio.

"Facciamo uscire una dichiarazione di condanna del filmino porno in quanto lesivo della tua privacy. Dirigiamo l'attenzione della stampa sui tuoi successi e risultati."

"Non ho né gli uni né gli altri."

"Sul tuo background, allora. Sei il figlio di un immigrato che partendo dal niente è riuscito a entrare nella classifica di Forbes delle 100 persone più ricche del mondo. Hai buone possibilità di diventare l'erede del trono di Danimarca." Cerco di non sembrare troppo scettica, ma mi sembra una follia. Questo stallone alto e dai capelli scuri, pieno di tatuaggi e che sta occupando il mio spazio in modo assolutamente inappropriato, è un principe ereditario. "Farai notizia per un bel po' di tempo, Theo. È ora di predisporre il messaggio che vuoi far passare."

Fa un lungo sbuffo. "D'accordo."

"D'accordo?"

"Farò tutto. Le interviste. La dichiarazione. Quello che ti pare." "Sul serio? Ne sei sicuro?"

"Sì, ne sono sicuro. Mi hai convinto. Sei sorpresa?" Inclina un pochino la testa. La mia automaticamente si piega dalla parte opposta. Il mio mento si alza e avvicino le labbra alle sue. "Sei," il suo respiro caldo mi accarezza il viso, "molto convincente." Chiudo gli occhi sentendomi percorrere da un fremito.

"Theo!" La biondina lo sta chiamando, tenendo in mano uno shaker per il Margarita. In qualche modo, riesce a fare un sorriso melenso a Theo mentre contemporaneamente lancia un'occhiataccia a me. "Ho qualcosa per te." Apre lo shaker e si versa il liquido ghiacciato e appiccicoso sul petto. I suoi capezzoli saltano fuori come i pulsanti su un aereo da caccia.

"Devo andare," mi dice Theo, con un luccichio malizioso negli occhi. Se ne va spavaldo, lasciandomi con la testa che gira. Anch'io devo andare, per preparare una dichiarazione che salvi l'immagine del mio cliente. La conversazione che abbiamo avuto è stata una grande vittoria. Ma se ascolto gli squittii deliziati della biondina

mentre Theo le lecca la tequila con quella lingua solerte e disponibile, devo ammettere che non mi sembra più tale.

* * *

"CHE DIAVOLO STA FACENDO?" Evans mi squadra dall'alto in basso mentre rientro nella magione in bikini e tacco dodici. Ho afferrato al volo il mio abitino, ma non ho avuto il tempo di rimettermelo.

"Il mio lavoro," gli rispondo, infilandomi il vestito e legandolo. "Ho già preparato il comunicato stampa per Theo. Devo soltanto premere 'invio.' I miei contatti negli uffici stampa faranno il resto."

Evans mi guarda torvo. Appartiene alla vecchia scuola, è stato assunto dal padre di Theo. Probabilmente non approva il tipo di consulenza mediatica che ho fatto a bordo piscina.

"Sono stata ingaggiata per fare un lavoro," mi difendo. "E lo sto facendo. Theo, il signor Kensington, ha concordato con la mia linea di condotta."

Evans batte le palpebre. "Sul serio?"

"È pronto a riscattare la sua immagine. Gli sto anche organizzando un paio di interviste. Ha promesso che le rilascerà." *Subito prima di infilare la lingua nel décolleté di una donna.*

"È proprio così?" Si tocca l'auricolare sulle orecchie, ascolta per un momento, poi si dirige a lunghe falcate verso la porta.

"Dove sta andando?" gli urlo dietro.

"Il signor Kensington se n'è appena andato con tutta la banda. L'ultima volta che lo hanno fatto, hanno quasi mandato a fuoco la villa a Hampton."

"Merda," dico tra me e me affrettandomi a seguirlo.

CAPITOLO 4

*D*opo una corsa in auto da far rizzare i capelli, la Maserati arancione accosta fermandosi in divieto di sosta. Evans spegne il motore e vi parcheggia dietro.

Stacco le dita che avevo aggrappato al cruscotto e al sedile. Theo guida come se stesse facendo le prove per la 500 miglia di Indianapolis e Evans gli è rimasto alle calcagna per tutto il tragitto. Il capo della sicurezza deve avere una lunga esperienza in queste cose e un giudice compiacente a portata di mano per pagare le multe di Theo per eccesso di velocità.

"Dove siamo?" Il quartiere non ha nulla che lo renda riconoscibile, a parte un paio di negozi fatiscenti e pochi edifici orrendi in mezzo a una giungla di cemento. Siamo a nord di Manhattan, a pochi isolati dall'area più elitaria, che si trasforma qui in una parte della città alquanto squallida.

"In uno skatepark. Il signor Kensington ha comprato il lotto vuoto e poi lo ha fatto allestire un mese dopo aver ricevuto l'eredità." "Non stento a credere che lo abbia fatto," dico a denti stretti, guardando la figura alta e abbronzata scendere dalla Maserati, con una tavola da skateboard sotto il braccio. "Ha la mentalità di un dodicenne." "Pensavo fosse riuscita a entrare nel suo modo di pensare," Evans mi guarda con aria accigliata.

"Anch'io lo pensavo," dico entrando. Theo lascia cadere la sua tavola per parlare con alcuni ragazzi arrivati con una jeep. Dopo un attimo, sono tutti lì a fare dei trick e a rollare su e giù per le rampe di cemento.

Sulla destra, una società di catering ha allestito una lunga fila di tavoli coperti da tovaglie bianche e da montagne di cibo. Canapé e altro finger food, oltre a un'intera tavola piena di dessert, con una torre di brioches. Le ragazze si siedono a guardare, attente a non toccare i graffiti sul cemento con i loro abitini prendisole.

Theo fa capovolgere lo skateboard un paio di volte sotto i piedi, prima di lanciarsi su e giù dalle rampe. Riesce a bilanciare il suo grande corpo con una certa grazia e con facilità, mentre esegue alcune figure. È bravo, in effetti.

"Ha vinto una gara, quando aveva sedici anni," mi racconta Evans. "Davvero? Questo potrebbe essere utile." Mi prendo nota di chiedere a Mina di indagare.

Evans si alza e fa un segnale alla sua squadra di sicurezza. "Abbiamo dei visitatori."

Sono arrivati alcuni ragazzini trasandati, con jeans larghi e le T-shirt fuori dai pantaloni. Tengono sottobraccio degli skateboard malconci e osservano il gruppo di riccastri che ha invaso il loro territorio.

"Aspetti," gli dico. "Avranno al massimo dieci anni. Non li cacci via per ora."

Alcuni dei ragazzi si avvicinano ai tavoli con il cibo. Vedendo che nessuno li ferma, uno di loro afferra uno spiedino di pollo satay e corre via tornando dai suoi amichetti.

"Theo," piagnucola una delle ragazze. "Ci stanno rubando il cibo." "Non importa," fa segno Theo. "Possono prendersi tutto quello che vogliono."

"Ritiratevi," dice Evans nell'auricolare.

I ragazzini del quartiere sciamano verso i tavoli. Quelli del catering si affrettano a portare più piatti. Uno dei ragazzi allunga la mano sul tavolo dei dessert e si prende la brioche in cima alla torre. "Si stanno mangiando tutto," protesta la biondina.

Theo alza gli occhi un momento. È senza T-shirt. Di nuovo. Con i tatuaggi in bella vista. Alza le spalle. "Che mangino brioches!" Imbronciata, la biondina torna a sedersi in macchina, con i suoi short in jeans firmati e i tacchi ridicolmente alti.

I ragazzini si sbafano un sacco di roba. Theo li raggiunge per un mini hamburger e poi si dirigono tutti insieme sulle rampe. Mi avvicino un po', per ascoltare Theo che guida le operazioni, mentre i ragazzini si alternano sulle rampe.

"Ehi, posso prenderti in prestito il telefono?" chiedo a uno dei ragazzi. Quando me lo passa, inizio a scattare foto. Theo che si accovaccia per esaminare uno skateboard mentre tre ragazzini lo guardano da dietro le spalle. Theo che indica la struttura, spiegando il modo migliore per affrontare le rampe. Faccio anche un breve video e lo twitto, aggiungendo l'hashtag più conosciuto di Theo.

"Cosa stai facendo?" mi chiede il ragazzino vicino a me quando gli restituisco il telefono.

"Ti ho fatto diventare famoso," gli dico. Usare il suo telefono anziché il mio renderà la fuga di notizie più realistica. "Arriveranno alcuni furgoni di canali televisivi d'informazione e vorranno parlare con te. Vai a chiedere a Theo se puoi farti una foto con lui. Se ti dice di sì ve la faccio io."

"Fico!"

Come volevasi dimostrare, trenta minuti dopo arrivano i paparazzi. Flash di fotocamere. Theo posa con i ragazzini. Scambia la T-shirt firmata che ha indossato con quella sbiadita di uno dei ragazzini, che si illumina di gioia. Fanno tutti qualche trick, e quando uno dei ragazzini fa una torsione particolarmente riuscita, Theo gli regala il suo skateboard.

Alcune delle ragazze ne approfittano per mettersi in mostra, distribuendo bottigliette d'acqua e il resto dei cupcake. La biondina è sempre seduta sulla Maserati con lo sguardo torvo. La guardo sogghignando prima di andare dai giornalisti per rilasciare una dichiarazione. Questa piccola escursione imprevista si sta rivelando un successo.

Quando torno, Theo mi si avvicina.

"Signor Kensington?"

Si spinge più vicino a me e china la testa verso la mia. È a quel punto che mi accorgo che è livido di rabbia.

"Ma che cazzo! Mi hai incastrato."

Gli sbatto le palpebre.

"Cos'è questo circo mediatico?" dice. "Cazzo, hai chiamato la stampa?"

"No. Ho fatto una foto e l'ho twittata con il tuo hashtag. Sei caldo in questo momento."

"Io sono sempre caldo..." È sempre provocante, anche adesso che è indignato.

"Un argomento caldo per la stampa," preciso arrossendo. Il mio stupido corpo percepisce la sua rabbia e la trova eccitante. La chimica tra noi due non si può negare. "Mi avevi promesso un paio di interviste e poi sei partito per venire qui."

"Pensavo che avresti recepito il messaggio."

"Pensavi che mi sarei arresa così facilmente?"

"Sì." Si spinge più vicino a me e mi sento inondare dal suo profumo. Sulle tempie ha un po' di sudore che gli ha fatto diventare neri i capelli setosi.

"Be', ti informo che non è così." Non cedo. "Farò il mio lavoro, che ti piaccia o no. Ripulirò la tua reputazione. Sono abituata a incontrare difficoltà."

"Non voglio essere ripulito." Mi sovrasta, e il calore del suo corpo mi colpisce come un'ondata rovente.

"Be', peccato." Quella stronza della mia fica è tutta bagnata. Siamo così vicini che tra noi potrebbe passare a stento la lama di un coltello. C'è di più in questo nostro scontro, oltre all'avversione di Theo per i media. Ha finalmente trovato qualcuno che gli sappia tenere testa. E il fatto che sia una che si vuole scopare aiuta.

"Hai usato questi ragazzini come parte di un servizio fotografico sulla mia vita personale. E adesso sento dire che hai detto ai media che io

vengo qui regolarmente per andare in skateboard con loro? Che è un modo per restituire parte di ciò che ho alla società?"

Scrollo le spalle. "Non mi pare una cattiva idea, no? Hai costruito tu lo skatepark, ti piace venire qui."

"Non gestisco un ente benefico..."

"In realtà sì. Dalle tre di oggi pomeriggio. Gli avvocati stanno lavorando per aggiungere tavole da skateboard per ragazzi e ragazze al Kensington Non-profit Fund. Stai stanziando un milione di dollari per avviare un doposcuola di skateboard per i bambini del centro città." Gli faccio un sorriso grintoso. "Ho già detto ai ragazzini che la prossima settimana sarai qui. A meno che tu non voglia tirarti indietro..."

Scuote la testa, ma sento che sta digrignando i denti.

"Rilassati, Theo. Questa non è stampa spazzatura. È di quella buona."

"'Fanculo, non sono venuto qui per..."

"Lo so benissimo. Ma, come ho detto, quando sono comparsi i ragazzini sei stato molto carino con loro. Perché sei un bravo ragazzo." Gli do un colpetto sul petto con il dito. E mi faccio male: ha dei muscoli durissimi. Mi rendo conto troppo tardi di aver dato un colpetto sul petto al mio capo.

Ma non è colpa mia. Il campo magnetico tra di noi si è attivato.

Ritraggo la mano. "Sei un bravo ragazzo," gli ripeto.

"No, non lo sono." Indietreggia, scuotendo la testa. È ancora più sexy quando è incazzato, ma non glielo dico. "Non fare più stronzate, Theo."

"Signor Kensington!" Un uomo con una polo bianca e calzoni sportivi arriva corricchiando. Praticamente salto in mezzo tra lui e Theo. "Niente interviste," dico, sperando che Theo abbandoni quel linguaggio del corpo così ostile prima che le macchine fotografiche si girino da questa parte. Ci mancherebbe solo quello: Theo che tira un pugno a un reporter. "Il signor Kensington non è interessato a rilasciare dichiarazioni in questo momento."

"Non sono della stampa." L'uomo alza le mani facendo finta di difendersi. "Mi chiamo Roger White e gestisco il Centro per bambini che c'è laggiù." Indica un basso edificio grigio su un lato del parco. "Volevo solo ringraziarla per essere venuto qui e aver interagito con i nostri ragazzini."

"È stato un piacere," dice Theo stringendo la mano al signor White. Tutta la sua rabbia sembra essere sfumata. Sta lì in piedi davanti al signor White alto e orgoglioso, con la testa un po' inclinata, cortese come se fosse il presidente degli Stati Uniti che riceve un premio. "Grazie a lei per il lavoro che fa. Questo pomeriggio non è stato che una goccia nel mare rispetto a ciò che fa lei."

"Non ne sono così sicuro. Per esempio," indica due ragazzini sui dieci anni che sembrano gemelli omozigoti. "Conosco Billy e Kenny da quando erano poppanti. La loro madre lavora fino a tardi, quindi frequentano il nostro centro ogni giorno. Più crescono e più diventano insofferenti. Ma quello che lei ha fatto oggi significa molto per loro due. E per me."

"Il signor Kensington ha un ente senza fini di lucro interessato a collaborare con i Centri per bambini della zona," aggiungo io. Theo mi lancia un'occhiataccia ma non mi contraddice.

"Mi piacerebbe saperne qualcosa in più," dice il signor White. "So che lei è molto impegnato, ma mi piacerebbe invitarla alle Olimpiadi dei Bambini che stiamo organizzando in centro città. Tutti i Centri per bambini della costa orientale si riuniscono per competere. Sono domani. Capisco che il preavviso sia molto breve per la sua agenda, ma..."

"Vedrò cosa posso fare," gli risponde Theo, ringraziando l'uomo che sorride soddisfatto.

"Theo," la biondina si affaccia dalla Maserati. "Possiamo andare, adesso?"

Theo la ignora e afferrandomi il gomito mi porta verso l'auto. Quell'attrazione folle si instaura di nuovo tra di noi, facendomi quasi

inciampare mentre percorro il marciapiede pieno di crepe che conduce alla Cadillac Escalade nera.

Per chiunque stesse guardando la scena, si direbbe che Theo mi stia accompagnando all'auto, spostando la mano sulla mia schiena per sostenermi. Sento la pressione delle sue dita dispiegate sulla mia schiena, brucianti come un marchio a fuoco. Come se fossero radioattive.

Avvicina le labbra al mio orecchio. "Che cosa ti avevo appena detto riguardo a posare davanti alla stampa?"

"Non sono stata io a mandarti quell'uomo," bisbiglio, facendo finta di non sentire che il cuore mi batte all'impazzata. "È stata un'iniziativa del signor White." Salgo in macchina e mi volto indietro, sperando di vedere di nuovo il Theo che ha giocato con quei ragazzini. Il vero Theo, dallo sguardo dolce e aperto.

Invece ha un'aria dura, chiusa.

Deglutisco e mi azzardo. "Ha ragione lui, sai, il signor White. Oggi hai fatto una buona azione. Mi spiace averla rovinata chiamando i media." E mi spiace davvero. *Credevo che lo scontro fosse tra noi e la stampa. Non tra te e me.*

Mi fissa così a lungo da farmi venir voglia di urlare il suo nome. La biondina strepita di nuovo e lui si scuote, rompendo l'incantesimo. Grazie al cielo. C'è mancato poco che questa incredibile attrazione magnetica mi spingesse a scendere di corsa dall'auto per saltargli addosso.

"Non finisce qui," mi avverte sbattendo la portiera, e io rabbrividisco a quella che sembra tanto una minaccia quanto una promessa.

* * *

Tornati alla villa, vado subito nell'ufficio che mi è stato assegnato per controllare il mio laptop. C'è un'e-mail di Mina con due parole. "Missione compiuta." Sorrido. Mina ama usare parole in codice quando mette in pratica le sue abilità da hacker.

Il mio telefono squilla. È Evans.

"Ho appena ricevuto ordini dal signor Kensington. Ha detto che domani andrà alle Olimpiadi dei Bambini?"

Mi spunta un sorriso sulle labbra e ringrazio qualcuno lassù per averci mandato il signor White. "Immagino di sì."

"Ha anche detto che non vuole avere la stampa tra i piedi, ma che farà volontariato lì tutto il giorno."

Il telefono mi sfugge dalle dita e per poco non mi cade. Quando riesco a rimetterlo contro l'orecchio colgo l'ultima frase del signor Evans, che ha continuato a parlare. "... prima di partire per la Danimarca." "Ha deciso di andare in Danimarca?"

"Non ancora."

"Lo farà," dico, battendo le nocche sul ripiano in legno della scrivania. Gli farò accettare di incontrare sua nonna, la regina, anche se dovessi mettermi di nuovo in bikini e fare a Theo una lap dance. Questo non lo dico a voce alta a Evans.

"I miei uomini hanno monitorato i media. A quanto pare, sono usciti altri filmini porno con Pepper Spice come protagonista. Deve aver filmato tutti gli uomini con cui è andata a letto. Se ne parla in tutti i programmi di gossip."

Ben fatto, Mina. "Questo dovrebbe distogliere l'attenzione da Theo, si spera."

"Sì, a quanto pare." Evans si schiarisce la voce. "Non so come abbia fatto, ma continui così. Forse dopotutto possiamo ancora convincere il consiglio di amministrazione a dargli un'altra chance."

Quattro ore dopo, chiudo il laptop. Ho programmato un'intervista a Theo per giovedì e ho inviato agli uffici stampa una sua dichiarazione in cui chiede di "rispettare la sua privacy." Ho esortato un paio di amici a stare un po' addosso a Pepper Spice, che sembra sempre meno una fonte attendibile e sempre più una puttana senza scrupoli. Non mi piace particolarmente riversare fango sugli altri per ripulire l'immagine di un mio cliente, ma se Pepper si imbratterà a sufficienza, il minimo che posso fare è accendere i riflettori su di lei.

Ho appena finito di cenare quando il mio telefono squilla di nuovo. "Se n'è andato," grugnisce Evans.

"Di nuovo? Credevo avesse lei le sue chiavi."

"Infatti, ma deve aver preso la Porsche."

"Il ragazzo possiede dieci automobili. Quando gli prende le chiavi, deve accertarsi di prenderle tutte." Mi avvicino alla finestra e spalanco le persiane, come se mi aspettassi di vedere la macchina di Theo in fondo al viale di accesso. "Domattina partiamo alle otto. Non abbiamo il tempo di andarlo a stanare in qualche bar e fargli smaltire la sbornia. Non possiamo attendere, non ce lo possiamo permettere."

"Lo so. Stiamo cercando di tracciare il suo telefono."

Mi volto rapidamente dalla finestra, strofinandomi le tempie. Il mal di testa mi è passato, ma sento che sta tornando per vendicarsi. "Non potrebbe essere semplicemente in piscina, con il resto della sua banda?"

"Li ha mandati tutti a casa, credevo fosse andato in camera sua. Stiamo perlustrando tutta la residenza proprio in questo momento." Dannazione. "Va bene. Vi darò una mano." Chiudo il laptop e mi dirigo in camera mia. Se devo rincorrere il mio cliente preferisco farlo con le Nike, non con le Louboutin.

Borbotto tra me e me mentre percorro risoluta i corridoi dorati. "Testa di cazzo che non sei altro, farai meglio a tenere il pisello dentro ai tuoi fottuti pantaloni da dio se non vuoi che te li sigilli con la pinzatrice al..." Spalanco la porta della mia camera e mi fermo di colpo.

Dall'altra parte della stanza c'è Theo che mi sorride.

Il telefono squilla e rispondo.

"Credo che sia ancora qui," dice Evans, "Il segnale del suo cellulare risulta ancora dentro la residenza..."

"L'ho trovato," lo interrompo. "Dica pure che possono smettere di cercarlo. Ci vediamo domattina." Riattacco prima che Evans possa farmi altre domande, ed essere costretta a dirgli che il principe playboy è sdraiato sul mio letto.

CAPITOLO 5

"*T*i mancavo?" chiede Theo.

"Giù le scarpe dal letto," gli ordino, passandogli davanti per andare in bagno. Con grande attenzione, mi assicuro di non sbattere la porta. Poi una volta dentro mi premo contro di essa.

La vista di Theo, a petto nudo in tutta la sua lunghezza sopra al metro e ottanta, più i venticinque centimetri contenuti nei suoi pantaloni (che per fortuna indossa), è sufficiente a farmi esplodere le ovaie.

Se sopravvivo a questa notte senza strofinarmi su di lui sarei molto, molto sorpresa.

Devo. Immedesimarmi. Nella. Signorina. Mavery.

Apro di nuovo la porta, mezza speranzosa che se ne sia andato. No. È ancora lì, sdraiato sulla schiena, con i bicipiti e i tricipiti delineati con eleganza sul copriletto e le mani incrociate sotto la testa. Si è tolto le scarpe. Sembra che non abbia nessuna intenzione di andarsene. Alcune parti di me si rassegnano che lui sia qui, l'attrazione che c'è tra di noi è definitiva e inesorabile, come la forza di gravità. Altre parti di me vorrebbero saltargli addosso seduta stante.

Visto il modo in cui è allungato ed esposto, sarebbe facilissimo. Sposta lo sguardo dal soffitto a me, con le lunghe ciglia che sventagliano sulla pelle abbronzata.

Come fa un uomo a essere così carino? E ricco. E intelligente. E famoso.

Non è per niente giusto, cazzo.

"Allora, Vesper. Non mi chiedi come mai sono qui?"

"No," rispondo, setacciando la mia valigia alla ricerca dei pantaloni da yoga più larghi che possiedo. Aggiungendoci una T-shirt di taglia extra large con la scritta 'I love NYC' e i miei occhiali con la montatura nera alla Sarah Palin/Tina Fey, avrò l'abbigliamento perfetto per ammosciare

qualunque cazzo. Non così tanto come un tailleur pantalone, ma non ho altro a portata di mano.

"So benissimo cosa stai cercando di fare," continuo, rialzandomi con i vestiti in mano per levarmi le scarpe col tacco. "Vuoi rendermi la vita difficile. Lo hai fatto dal primo momento in cui ho varcato la soglia di casa tua."

"Ho accettato di fare tutto quello che volevi."

"Unico motivo per cui adesso non ti sbatto fuori a calci in culo," controbatto. "Hai bisogno di una bella notte di sonno in vista di domani, e io pure. Puoi anche rimanere qui, se vuoi, così posso tenerti d'occhio."

"È questo ciò che faremo?" Alza un sopracciglio. "Dormire?" In tutta risposta, entro in bagno sbattendo la porta. Mi lavo il viso e mi cambio indossando l'armatura protettiva. Dopo essermi di nuovo infilata gli occhiali sul naso mi studio allo specchio. Ho un viso carino. Non carino quanto Theo, ma i miei tratti delicati e la faccia un po' da elfo attirano un bel po' di occhiate quando vado in metropolitana. Aggiungendo a ciò una capigliatura lunga e bionda che mi fluttua dietro come una bandiera d'oro, di solito attiro anche più di una seconda occhiata.

Ho ricevuto così tanta attenzione che potrebbe bastarmi

per tutta la vita. Ma per qualche motivo, voglio che anche Theo mi guardi. Dopo averci pensato a lungo, decido di sciogliere i capelli. Quando esco dal bagno, Theo si alza a sedere sul letto e capisco subito che aver sciolto i capelli è stato un errore.

Benché il suo sguardo ardente su di me abbia il sapore di una vittoria.

"No, non ci limiteremo a dormire," gli annuncio. "Parleremo." "Parleremo e basta?" Un altro sopracciglio si alza.

"Sì, parleremo e basta." Vado verso la cassettiera per togliermi gli orecchini.

Sento la schiena che viene colpita da un sussurro caldo sulla stoffa. Sono completamente circondata dall'incredibile presenza sessuale di Theo.

"Parlare e basta? Ne sei proprio sicura?" mormora, stringendomi un braccio attorno alla vita. Ottima cosa in realtà, perché le gambe stavano per cedermi.

Mi attira indietro verso di sé e all'improvviso la mia mente si svuota. Qualcosa di lungo e di molto, molto duro, spinge contro il mio sedere.

"Queste sono molestie sessuali," ripete come un pappagallo la parte della signorina Mavery che è in me. Tutto il resto si scioglie contro il gigantesco corpo di Theo.

"Ah, sì? E come mai?" Tira un po' da parte il collo della mia maglietta e mi dà un piccolo bacio sulla spalla.

Ci vuole tutta la mia forza di volontà per non voltarmi e avvinghiarmi al suo collo. È davvero solido e caldo. E... durissimo. "Ehm..."

"Perché non mi parli un po' di te." Indietreggia di un passo e mi fa voltare. "A letto."

Mi trascina lentamente verso il letto. Io cammino cauta, come se potessi rischiare di scivolare e finire sul suo cazzo in erezione. Eh, potrebbe anche succedere. Nonostante i pantaloni da yoga sformati.

Ma non appena arrivo sul letto, mi stacco da lui e mi infilo sotto le coperte. "No. No e basta." Lo fermo mentre sta per seguirmi sotto le coperte.

Fa un sorrisetto e rimane sopra la trapunta, sdraiandosi su un fianco con il viso rivolto verso di me. "Non ti fidi proprio di me, vero?" "No, neanche un po' signor dio della scopata. La tua reputazione ti ha preceduto. Ti sei scavato la fossa da solo, adesso restaci." "Ben contento, se ci vieni anche tu."

Alzo gli occhi al cielo. "Datti una calmata, Casanova. Stanotte non sedurrai nessuno."

Con il dito delinea il motivo del copriletto, arrivando pericolosamente vicino alle mie tette. "Puoi biasimarmi se ci provo? Sei una gran fica."

Gli lancio un'occhiataccia.

"Oh, andiamo. Non pensare di poterlo nascondere dietro a quegli occhiali. Anche se devo dire che mi provocano notevoli fantasie sessuali, con quell'aria da bibliotecaria che ti danno."

"Il prestito dei suoi libri è scaduto, signor Kensington," gli dico severa.

"Scopami," dice con un gemito, sdraiandosi supino.

"No. Non succederà. Non scopo i ragazzi più belli di me." "Non sono un ragazzo. Sono un uomo."

"Allora comportati come tale. Fare skateboard… Proprio da uomo!" "Mi piace. Ho vinto una gara…"

"Da adolescente. Adesso hai ventott'anni."

"Tu quanti anni hai?"

"Non sono affari tuoi."

I suoi occhi brillano. "Posso fare in modo che diventi un affare mio seduta stante. Chiamo subito Evans e…"

"Ventisei."

"Sei giovane."

"L'età non è che un numero. Ho esperienza."

Fa un sorrisetto.

"Come specialista mediatica," chiarisco. "I miei ultimi cinque clienti…"

"So dei tuoi clienti. Ho letto il tuo dossier."

"Sai leggere?" rispondo sogghignando e lui mi fa una smorfia. Lo colpisco con un cuscino e lui me lo prende, mettendoselo dietro la testa.

Così va bene. Un modo di rapportarci carino, che mi fa sentire a mio agio. Almeno, per quanto possa sentirmi a mio agio con tutta la tensione sessuale che vibra tra di noi. L'aria è carica, come subito prima di un temporale.

"Immagino che gli occhiali siano per farti sembrare più grande. Più…esperta."

Mi fa sorridere.

"Allora, cosa ti ha spinto a diventare qualcuno che ripulisce la reputazione degli altri?" chiede Theo.

"Ciascuno ha i propri segreti."

Avvicina un po' la testa inclinandola. "E tu mi dirai i tuoi?" "Tu cosa credi?" Tiro su le lenzuola fin sotto il mento.

"Se tu mi riveli i tuoi, io ti rivelerò i miei."

"Troppo tardi per questo, signor Dio della scopata. Il tuo cazzo ha già invaso Internet. Non hai più nessun segreto." Sprimaccio il mio cuscino e ci affondo la testa con un sospiro. "Non che tu abbia mai potuto godere di molta privacy. Un miliardario figlio di una principessa. Hai vissuto tutta la vita sotto i riflettori. Dev'essere stancante."

"Sì, lo è," risponde piano, e c'è una nota triste nella sua voce, una piccola spia dell'uomo che avevo intravisto prima. Molto più maturo e più serio del playboy che tutto il mondo conosce. Più dolce e aperto, più vulnerabile.

Potrei essere la sola ad aver mai visto il vero Theo.

"Sei così bella," mi dice, e il mio cuore si ferma di colpo. Non c'è assolutamente nulla di malizioso nella sua voce, nulla del suo irresistibile fascino. Lo dice serio, come facendo una constatazione. Ma sono estremamente consapevole della sua mano posata sul letto tra di noi, a pochi centimetri dal mio fianco. Ci metterebbe un attimo a farla scivolare in avanti, tirare giù le coperte e trovare la mia pelle nuda sotto la maglietta sformata. E il suo tocco non sarebbe nemmeno scioccante. Nemmeno sbagliato.

Mentre, al contrario, è scioccante essere qui sdraiati su un letto senza toccarci. Farmi una scopata con Theo sembra inevitabile. Ma non per questo significa che sia giusto così.

Stringo le labbra e guardo il soffitto.

"Quando ti ho visto la prima volta ho pensato che fossi, non so", scuote la testa, "una modella, o qualcosa del genere. Un bel visino mandato qui per vendermi qualche cosa. Poi hai aperto bocca e..."

"Che cosa? Una donna bella non può essere anche intelligente?" "Di solito non frequento le donne per la loro intelligenza." "Pepper Spice è intelligente. Ha trasformato una notte passata con te

in qualcosa che ha saputo attirare l'attenzione dei media e che le è valso i diritti per la pubblicazione di un libro."

Lui non dice niente.

"E io sono effettivamente un bel visino mandato qui per venderti qualche cosa," proseguo. "Venderò al mondo Theodore Kensington: un bravo e onesto cittadino. E sai una cosa? Non sarà nemmeno una bugia." "Tutta la mia vita è una bugia."

"Ma di cosa stai parlando? Vivi in una magione in una delle zone più esclusive e costose di tutto il mondo. Questo posto praticamente è un palazzo."

"Questo? Lo odio questo posto. Mio padre lo ha fatto costruire per mia madre. Dieci anni dopo che era morta," dice con aria di scherno. "Non ha mai smesso di amarla. Non ha mai smesso..."

"Di cercare di mostrarsi degno di lei?"

"Già." La sua voce risuona di una risata priva di allegria. "Immagino di sì."

"Quindi hai avuto un'infanzia difficile. Non è così insolito." "E tu?" Rivolge quel suo sguardo profondo su di me e io mi affretto ad abbassare il mio. Vorrei scomparire, come un paguro eremita nella sua conchiglia. *Non mi guardare.*

Ma lui lo fa. Non c'è modo di sottrarsi all'intensità del suo sguardo così azzurro.

"Raccontami qualcosa di te, Vesper Smith. Qualcosa di vero." "Obbligo o verità?" chiedo scherzando, e vorrei rimangiarmi subito quelle parole. Theo è sdraiato sul fianco, con lo sguardo tenebroso inchiodato alle mie curve sotto le coperte. E io sono pronta e bagnata, il mio corpo non aspetta altro che lui faccia la prima mossa. A questo punto, se scegliesse 'obbligo'sarebbe molto, molto rischioso.

Deglutisco. "Vengo da una piccola città. Sono figlia unica." "Genitori?" Prova a sondare, più interessato di quanto non lo abbia mai visto. La sua aura sexy attiva più che mai, così vicina da allentare ogni mia difesa.

"Solo la mamma. Non faceva altro che lavorare."

"Proprio come mio padre."

"Sì, be', tu almeno non eri nell'elenco di chi riceveva i buoni alimentari." Faccio una smorfia guardando il soffitto.

"Quindi nessuna carriera da modella?"

"No. Le ragazze carine della mia città finivano a fare le spogliarelliste nel night club."

"Che cosa ti ha permesso di non fare la loro fine?"

"Duro lavoro, volontà. Un po' di fortuna. Ho avuto un'insegnante che credeva in me. Era la bibliotecaria della scuola. Abbiamo fatto amicizia. Credevo che tutti i libri fossero i suoi. È stata gentile con me. Mi ha detto che avevo i numeri per andare al college, e io le ho creduto."

"E ci sei andata?"

"Laurea e master."

"Ragazza in gamba. Borse di studio?"

"E prestiti. Ho anche lavorato." Mi tocco gli occhiali. "Ho fatto uno stage da un PR specializzato nel ricostruire la reputazione, che mi ha insegnato tutto ciò che sapeva. E ora eccomi qua."

"A letto con me."

"Questo non lo scriverò nel mio curriculum."

Si mette a ridere e io mi giro per guardarlo. L'eccitazione che pervade i nostri corpi è potentissima. Scariche elettriche che vanno dalla

sua pelle abbronzata alla mia. Anche se sono completamente avvolta in un lenzuolo bianco posso sentirle.

Mi umetto le labbra. "Lo sai che cosa mi farebbe molto, ma molto felice?"

"Penso di poterlo immaginare." C'è qualcosa di diabolico nel suo sorriso sghembo.

Alzo un dito. "Un'unica intervista. In prima serata. Mi basta fare una telefonata e..."

"No." Si allontana di scatto da me, solo di pochi centimetri, ma sento un muro ergersi tra di noi.

"D'accordo. Allora sentiamo cosa ne dici di quest'altra proposta. I ragazzini incontrati oggi, quelli che andranno all'evento sportivo di domani. Cosa ne diresti di omaggiarli di qualche camera? Hai un hotel a pochi isolati di distanza."

Adesso è lui a essersi sdraiato di schiena e a guardare il soffitto, e sono io a essere china su di lui.

"Sarebbe un grandissimo gesto. Gli faresti il regalo più bello dell'anno. Ti prometto che non lo farò trapelare alla stampa. Benché sarebbe fantastico se tu comparissi. Basterebbe che ti facessi vedere e i bambini si sentirebbero speciali."

"Sei davvero convinta che sia un bene per questi ragazzini essere visti con me? Con la reputazione che mi ritrovo..."

"Tu non sei la tua vita sessuale, anche se hai fatto di tutto per convincere il mondo che sia così. Ma sei così sicuro di non voler essere altro che quello, tra l'altro? Sei un fottuto miliardario. Lo so che non significa molto per te perché sei nato così, ma hai presente Billy e Kenny? La loro madre fa i doppi turni come cameriera da Denny's. Il loro padre è in galera. Nessuno più di te sa cosa voglia dire avere un genitore che lavora tutto il tempo e un altro che non c'è."

Theo sussulta.

"Tu potresti fare la differenza nella loro vita, se soltanto lo volessi. Devi solo decidere di darti una regolata." Finisco la filippica, lasciandomi cadere sulla schiena.

Scende un lungo momento di silenzio.

"Non voglio romperti le balle," aggiungo. "Voglio solo che tu ti renda conto di quanto bene potresti fare. Senza che questo debba essere d'ostacolo alla tua vita festaiola. O alla tua vita sessuale."

"Puoi rompermi le balle, o anche farne altro, quando vuoi." Mi arrendo, mi allontano da lui girandomi dall'altra parte e imposto la sveglia sul telefono, prima di spegnere la luce.

Alle mie spalle, Theo si sposta e si piazza esattamente dietro di me, spingendosi contro il mio corpo.

Allunga il braccio su di me, avvolgendomi da sopra le coperte. Il mio corpo è fremente e trattengo il respiro. Aspetto che mi attiri a sé, mi baci, e mi faccia tutte le peggio cose che potrebbero scioccare persino una porno star, per non parlare dell'effetto che avrebbero sulla signorina Mavery.

Ma non lo fa, e io mi addormento.

* * *

MI SVEGLIO di soprassalto quando il mio telefono inizia a ronzare come un'ape incazzata.

Lo afferro, strizzando gli occhi per controllarlo. Sono le tre del mattino.

"Devi proprio tenerlo acceso?" mi chiede Theo. Nel sonno, ha fatto passare le gambe tra le mie, e adesso siamo aggrovigliati. Spengo il cellulare e lascio che Theo lo prenda e lo metta via. Sento il suo cazzo spingere contro di me, quando mi sdraio di nuovo. Non dice altro, ma dal suo respiro mi accorgo che è completamente sveglio.

"Theo?"

"Mmm?"

"Perché tua nonna non ha mai voluto incontrarti prima d'ora?" È una domanda molto diretta, ma il buio la rende meno brusca. "Me lo sono sempre chiesto," la sua voce arriva soffocata dietro di me. "Mio padre mi ha sempre detto che lo odiava. E odiava il fatto che sua figlia fosse fuggita abbandonando tutto ciò per cui era stata cresciuta." Quindi aveva volutamente respinto suo nipote? Che tristezza. "Mio padre ha lavorato come un pazzo per dimostrare che valeva. Ha costruito un impero. E poi è morto." C'è molta amarezza nella sua voce.

"Mi dispiace. Tu meriti di avere una famiglia, Theo." *Meriti di essere amato.*

Mi stringe più forte e io trovo la sua mano, gli accarezzo il polso. Le sue dita stringono le mie, e poi iniziano a scendere.

"Cosa stai facendo?" La sua mano mi sfiora lo stomaco infilandosi sotto la maglietta sformata prima di scivolare sotto i pantaloni da yoga. Trattengo il respiro quando mette la mano a coppa sulla mia figa, calda e pulsante.

"Theo…"

"Shhh," bisbiglia. "Ne hai bisogno." *Ne ho bisogno io,* posso sentire il suo pensiero inespresso. Sviare da emozioni difficili da affrontare per puntare sul sesso promiscuo. La storia della vita di Theo.

Al momento me ne frego altamente. Le sue dita si muovono ritmicamente su e giù con un tocco leggerissimo. La spirale dell'eccitazione si concentra. Mi sfugge un gemito e lui inizia a penetrare con le dita più a fondo, attenuando la morsa dolorosa, anche se peggiora le cose.

Non è una buona idea.

"Sì che lo è," dice lui, e mi rendo conto di aver parlato ad alta voce. "Lasciati andare. Lascia che mi occupi io di te."

Mi rilasso, tutto a parte il bacino, che si muove avanti e indietro al suo tocco. Il suo dito indice trova il punto vicino al clitoride e inizia a dargli dei colpetti finché mi sposto, irrequieta. Il piacere cresce dentro di

me, minacciando di prendere il sopravvento. È troppo, voglio sottrarmi. Theo passa la sua gamba sopra la mia, inchiodandomi, tenendomi ferma per permettere al mio orgasmo di avere la meglio.

Il momento del culmine sale lentamente, diffondendosi in tutto il mio corpo, lasciandomi senza fiato e incapace di ragionare. Theo continua con le sue carezze leggere e i suoi colpetti finché i miei muscoli interni si contraggono in uno spasmo e vengo, con il desiderio di avere di più.

Sospirando, mi rannicchio contro di lui. *Un Dio a letto.*

"Grazie," gli sussurro, e lui mi bacia sulla nuca.

"Dormi, adesso."

Lo faccio, chiedendomi se sarò capace di tenere il cazzo di Theo lontano dalla stampa, e dalle mie mutandine.

* * *

Le Olimpiadi dei Bambini si svolgono presso lo stadio in centro. Alle otto in punto, una colonna di Cadillac Escalade lascia la villa. Theo ha deciso di venire in auto con me. Sto tutto il tempo con gli occhi fissi sul telefono, accigliata, facendo scorrere i feed di notizie, ma sento lo sguardo di lui su di me.

Le porcherie su Pepper Spice che Mina ha trovato ieri stanno facendo il loro lavoro, distogliendo l'attenzione da Theo. Tra la sua dichiarazione misurata (scritta da me) e l'operazione fotografica allo skatepark per ripulirgli il nome, la sua immagine nei notiziari è molto migliorata. La gente è disposta a perdonare le prodezze sessuali di un ragazzo bello e ricco molto più in fretta che a chiunque altro.

Sarà maschilista, ma è vero.

"Siamo arrivati," annuncia Evans quando raggiungiamo lo stadio. "Niente stampa," mima Theo con la bocca, e io annuisco.

Accetta di indossare una maglietta da volontario che gli regalano e io avrei una voglia pazza di afferrare il telefono, scattargli una foto e mandarla alla mia amica di *Good News, America*.

Invece, accetto anch'io di buon grado una maglietta e me la infilo addosso. La giornata vola via in fretta. A un certo punto, Evans mi chiama per dirmi che il *Wall Street Journal* vuole scrivere un articolo sul padre di Theo e sulla Kensington Inc. e vogliono una dichiarazione di Theo.

"Informali che ci stiamo preparando per un'udienza con la regina e che faremo avere loro qualcosa entro venerdì." Posso solo sperare che per allora Theo avrà preso seriamente il suo impegno a rigare dritto. Oggi si direbbe che si stia divertendo. I ragazzini che sciamano intorno a lui sembra che non gli diano per niente fastidio. Ci sono anche molti genitori che chiedono di fare delle foto. A quanto pare, la bravura di Theo con lo skateboard è sufficiente per renderlo popolarissimo tra i bambini e la sua figura di personaggio pubblico scandaloso - a livello delle Kardashian - è abbastanza per farne una piccola celebrità tra gli adulti.

E Theo che ne dice? Si limita a stare con i bambini e

divertirsi. I suoi bicipiti si flettono mentre solleva un braccio per fare canestro. Sotto la T-shirt da volontario si intravedono i tatuaggi. Il suo sorriso sexy attrae le mammine in pantaloni da yoga come mosche sul miele. E i pantaloni da yoga di queste donne sono attillati.

"Pensavo che non volessi farti ritrarre in foto," lo rimbrotto a pranzo. "Ho detto niente stampa. Non mi importa se sono i ragazzini a volere delle foto." Mi offre la sua bottiglietta dell'acqua. Scuoto la testa e lui la richiude. "Come mai, sei gelosa?"

"No."

Mi circonda con un braccio. Io cerco di respingerlo e di liberarmi, ma è troppo forte. Il suo profumo così maschile mi inonda, un'acqua di colonia sexy mescolata con il profumo dei popcorn che vendono allo stadio. Ha l'odore di un adolescente al suo primo appuntamento.

Le mie guance si infiammano, pensando a come mi ha tenuta stretta per tutta la notte. E all'orgasmo che poi mi ha dato.

"Ehi," dice a uno dei suoi nuovi amichetti di dieci anni. "Ce la fai una foto?" "Theo…"

"Sorridi," mi dice imperioso, e io lo faccio.

* * *

THEO HA ORGANIZZATO un servizio di limousine che porti i ragazzini del Bronx fino all'hotel. Hanno tutti dei sorrisi a trentadue denti, e sono al massimo dell'eccitazione. Il signor White stringe la mano a Theo, ringraziandolo di nuovo.

"Andiamo Pura Lana Vergine," mormora stringendomi la mano. Sento una scossa percorrermi il braccio come se avessi preso un colpo al gomito. Il mio corpo si riempie di una sensazione di dolore per niente fastidiosa.

Nel sedile posteriore della nostra limousine mi appoggio

a Theo mettendo la testa sulla sua spalla fino a che gli occhiali non mi si schiacciano sul viso. Non ho neanche voglia di muovermi per aggiustarli. La maglietta bianca da volontario mette perfettamente in risalto la sua pelle abbronzata. Vorrei adagiarmi sul suo grembo e raggomitolarmi sul suo petto.

Mi distraggo invece con il telefono, controllando le mie pagine social e, poiché sto lavorando, anche le sue pagine pubbliche.

"Ehi, guarda questa," gli dico, mostrandogli la pagina del suo lookbook. I suoi capelli mi solleticano la pelle mentre si china a guardare. Mi schiarisco la gola e faccio scorrere le foto di lui con i ragazzini. Ce n'è una in cui è inginocchiato accanto a un adorabile ragazzo in sedia a rotelle. Il sorriso che gli fa Theo mi dà una fitta al cuore.

"Stai ottenendo un sacco di commenti positivi," gli dico.

Theo strizza gli occhi guardando lo schermo, poi mi sfila gli occhiali dal volto e prima che possa dire qualcosa se li mette sul naso. Apro la bocca, ma poi mi accorgo di come la montatura nera esalti la sua bellezza e, per un attimo, rimango senza fiato. La versione nerd di Theo è fottutamente sexy.

Inarcando le sopracciglia, cerca di leggere sullo schermo, prima di spostare indietro la testa, tirarsi via gli occhiali e fissarli. "Vesper, ma questi sono…" "Finti," termino io, facendogli un sorriso imbarazzato. "Mi hai beccata. Tu hai bisogno di occhiali da lettura?"

"Io non leggo, te ne sei dimenticata?" Guarda gli occhiali accigliato. "Però potresti. Solo che non lo vuoi. Eviti accuratamente qualsiasi cosa che possa farti sembrare responsabile o intelligente."

"Ed è il motivo per cui tu porti questi?" Mi restituisce gli occhiali. "Pensi che ti facciano sembrare più intelligente?"

"Può darsi." Li prendo, e me li rigiro tra le mani. La

montatura nera. Le lenti non graduate. Quanto mi sembrano stupidi in questo momento. Li infilo nella borsa insieme al telefono.

"Perché non dici al tuo medico che hai bisogno di occhiali?" chiedo a Theo. "O non ti fai semplicemente operare con il laser?"

Scivola lontano da me sul sedile. "Te l'ho già detto. Non leggo. Sono riuscito a stento a finire le superiori. Sono stato buttato fuori dal college. Non mi interessava. Quello che non capisco è perché tu porti degli occhiali finti. Non hai nessun bisogno di qualcosa che ti faccia sembrare più intelligente."

"Mi sono pagata il college da sola," sbotto. "Lavoravo in un bar. Mi davano mance favolose."

"Non faccio fatica a crederci."

"Theo..." Mi volto dall'altra parte. "Non importa."

Mi prende la mano. "No. raccontami."

"Portavo i capelli molto lunghi. Avevo paura che tagliandoli non avrei più ottenuto la stessa attenzione. Non avrei più fatto così tanti soldi." Mi rendo conto di aver tirato la coda di cavallo sopra la spalla e che la sto accarezzando. Mi fermo. "Un giorno è entrato un tipo, di quelli che spendono molto. Ho flirtato un po' con lui. Mi ha detto che aveva un locale, e che stava cercando una nuova barista. Mi ha offerto un lavoro."

"E tu hai accettato?"

"Sono andata con lui a vedere il suo locale, qui a New York. Era un club privato. Accesso riservato ai soci, cinquantaduemila dollari l'anno. Un sacco di ragazze in abiti succinti e di uomini anziani."

"Sugar baby con i loro sugar daddy."

"Già," deglutisco visibilmente. "Ed è questo che la gente vede in me quando mi guarda. Gambe lunghe, capelli biondi. Pensano che sia una modella, o una spogliarellista, o..."

"Non vedono solo questo." Trova gli occhiali nella borsa e

51

me li fa scivolare sul volto. "Solo perché sei una super fica non vuol dire che tu non sia intelligente." *Non è questo che vede la gente.*

"E guardati adesso. Vesper Smith. Consulente mediatica. Fai ridiventare bravi i cattivi ragazzi."

"Non lo so."

"Perlomeno stai rimettendo me sulla retta via," insiste a dire, "e più tardi in settimana incontrerai la regina di Danimarca."

Mi immobilizzo. "Ci andrai?"

Theo scrolla le spalle. "Perché no? È una persona come tutte le altre." "È tua nonna."

"Già, è stata una nonna fantastica fino a questo momento."

Gli metto una mano sul ginocchio. "Deve aver sofferto molto dopo la perdita di tua madre."

"Anch'io ho sofferto. E mio padre non si è mai più ripreso."

Aspetto che aggiunga qualcosa, ma non dice altro. Tolgo la mano dal suo ginocchio, dovrei smettere di toccarlo così tanto.

Poi però lui mi mette la mano dietro al collo. Scioglie lentamente l'elastico che mi tiene la coda e fa passare le dita tra i miei capelli. Il piacere mi costringe a chiudere gli occhi.

"Mi piacciono i tuoi capelli. Ma non mi importerebbe se li tagliassi." "Grazie."

"Credo sia meglio se vieni in Danimarca con me. Sembri una reale danese molto più di me."

"Non saprei." Mi stacco da lui e guardo fuori dal finestrino. Siamo quasi arrivati all'hotel, il gioiello della corona dell'impero dei Kensington. Cinquantadue piani, affacciato su Central Park.

Come sono finita qui? Mi sento un'impostora.

"Una sola intervista," dice Theo all'improvviso.

"Cosa?" Distolgo lo sguardo dal parco.

"Rilascerò un'intervista, una sola. Riporterò sui giusti binari quello che si dice di me. Dopodiché, voglio rimanermene lontano dalla stampa."

"Posso occuparmene io." Gli restituisco un sorriso e tiro fuori il telefono, per programmare l'intervista prima che cambi di nuovo idea.

Dal mio alert su Google arrivano delle notifiche. Faccio scorrere l'ultimo bollettino di notizie.

"Merda," esclamo.

"Cosa c'è?"

"È morto tuo zio," gli dico mentre l'Escalade si ferma davanti alla grandiosa entrata dell'Imperial Manhattan. "Congratulazioni, Theo. Ora sei il principe ereditario della corona di Danimarca."

CAPITOLO 6

*L*a porta si apre su una fiumana di paparazzi. I flash delle macchine fotografiche sono come fulmini nel cielo. Giornalisti urlano da tutte le parti.

"Signor Kensington," grida Evans. Uomini in abito nero si precipitano verso di noi circondandoci. Theo mi fa da scudo con il suo corpo mentre corriamo dentro. "È su tutti i notiziari," ci informa Evans.

"Fanculo," Theo si passa una mano tra i capelli. "Sono arcistufo di questa storia. Cosa facciamo adesso?" Lui e Evans si voltano verso di me.

"In questo momento per la stampa sei la persona più degna di nota di tutto il globo terrestre. Se prima pensavi di essere famoso…" Scuoto la testa. "Rilascerò un comunicato stampa in cui si informa che ti unisci al lutto della famiglia. Partiremo per la Danimarca quanto prima possibile."

"E l'intervista, allora?" chiede Theo.

"C'è ancora tempo per farne una. Sono in grado di farti partecipare all'edizione di *Good News, America* di domani. Cavoli, in realtà potrei riuscire a farti andare in onda dove vogliamo. Ma Reba Hamilton la conosco," faccio il nome della conduttrice. "Sarà felicissima di poterti intervistare e si comporterà in maniera corretta. Con classe."

"Lascia che ci pensi un po'sopra," dice Theo.

"Prima di tutto cerchiamo di portarti in un posto sicuro." Evans ci conduce a un ascensore privato. Cinquantadue piani dopo, entriamo in una suite d'attico. Scortati da uomini in completo nero davanti e dietro di noi.

"Abbiamo triplicato la sicurezza. E la Danimarca sta inviando una persona di collegamento."

"Dovrò imparare il danese?" fa Theo scherzando.

"Chissà," dico io. "I sondaggi dicono che non sei molto popolare da quelle parti. Mi aspetto che la regina avanzerà una serie di richieste prima di nominarti ufficialmente erede al trono."

Theo sospira e si passa la mano tra i capelli. È ancora bello più che mai, ma intorno ai suoi occhi dalle lunghe ciglia sono comparse piccole rughe da stress. Le sue forti spalle si sono un po' abbassate. "Posso avere un po' di privacy? Vorrei consultarmi con la mia esperta mediatica."

"Tutto bene, Principe Theo?" gli chiedo quando gli uomini in nero ed Evans se ne sono andati.

"Non chiamarmi così."

"Preferisci Sua signoria?"

Sorride avvicinandosi a me e d'improvviso il principe playboy fa il suo ritorno. "Preferisco essere un dio."

Io mi allontano e lui mi segue finché non mi ritrovo con le spalle al muro. Appoggia una mano sopra la mia testa e si china verso di me. "In effetti, sarà così che mi chiamerai stasera."

"Nei tuoi sogni, campione di skateboard," passo sotto al suo braccio e gli sfuggo. "Allora, torniamo all'intervista. Hai cambiato idea?"

Lui rimane appoggiato al muro, con lo sguardo vago.

"Theo?"

"Cena con me stasera." Si raddrizza, ancora senza guardarmi. Le sue spalle si incurvano leggermente.

"Che cosa?"

Mi guarda, e ogni mio muscolo si contrae dalla voglia, per il desiderio che esprimono i suoi occhi. "Cena con me, Vesper."

"Perché?" sussurro.

"Ti sei divertita, oggi, a fare la volontaria?"

"Ehm, direi di sì." Il suo passaggio improvviso dall'atteggiamento sexy a uno più serio, mi sta facendo girare la testa. Come se il vero Theo stesse cercando di emergere, e di sedurmi allo stesso tempo.

"Sembrava che ti divertissi."

"Sì, è vero. Però mi davano fastidio tutte quelle persone che volevano farsi fotografare con te."

"Da quando non ti piace che mi facciano foto? Confessa, erano le mammine sexy che non ti piacevano."

"Non erano per niente sexy," dico con veemenza. "Quei pantaloni da yoga che indossavano erano troppo attillati."

Mi fa un sorrisetto.

"D'accordo. Mi sono divertita."

"Cena con me. Puoi dire che è per lavoro. Avrai la possibilità di scoprire chi sono veramente."

"Per lavoro? Solo un momento fa hai detto che mi volevi portare a letto." "Ho detto che volevo mi chiamassi dio. Non deve necessariamente avvenire a letto."

Faccio un gemito.

"Ehi, rappresenti il mio cazzo oltre che me. Tanto vale che lo provi." "Questa è la conversazione più assurda che abbia mai fatto." Alzo le mani, in segno di resa. "Benissimo. Vuoi cenare con me? Allora domani farai l'intervista." "Venduto," risponde, e mi rendo conto di colpo che mi ha fregata. Troppo tardi. Sta già andando alla porta, per richiamare Evans all'interno. Passo le ore successive a confermare l'intervista per il giorno dopo, a preparare ed emettere un comunicato stampa e a spiegare il piano di azione a Evans and Theo. "Il suo aereo privato è in stand by," lo informa Evans. "Possiamo partire per la Danimarca non appena lei sarà pronto."

"Domani sera," intervengo io. "Arriviamo a Copenaghen e cerchiamo di smaltire il jet lag prima dell'udienza."

Theo annuisce, passandosi una mano sul viso. Si è tolto la maglietta da volontario e ha indossato una polo e degli short. Evans mi ha portato i bagagli nell'attico, così potrò rinfrescarmi. Indosso un abito e faccio mandare la valigia in camera mia, sperando che sia abbastanza lontana da quella di Theo. Ad almeno qualche piano di distanza, o ancora meglio, dall'altra parte della strada. O del paese.

Sedendo accanto a lui, lavorando con lui, l'attrazione non fa che crescere. Siamo entrambi stanchi. Non è il massimo per l'autocontrollo.

Mi alzo e faccio stretching, ignorando il modo in cui gli occhi di Theo mi esaminano. "Una cosa per volta. Adesso focalizziamoci sull'intervista. Reba mi ha mandato un elenco di domande preliminari sulle quali possiamo lavorare. Sarà educata, ma non terrà a freno la lingua. Dobbiamo fare un po' di prove."

"D'accordo," dice Theo balzando in piedi. "Ma prima, la cena." Mi prende la mano, trascinandomi verso la porta. "Se hai bisogno di noi, Evans, ci trovi in piscina." Lo sguardo accigliato di Evans ci segue, ma io non posso farci molto. * *
*

La piscina è sul tetto dell'hotel, un'oasi stupefacente, con tanto di palme e alcune fontane. Non ho fatto molto per cercare di liberarmi dalla stretta di Theo - un patto è un patto - ma quando arriviamo in mezzo a quello spazio lussuoso, con soltanto il cielo sopra di noi, sfilo la mano dalla sua.

"Devo fare una telefonata," gli dico.

"Nessun problema." Theo mi lancia alcuni pezzetti di stringhe che dovrebbero essere un costume da bagno. "Fai quello che devi, e poi mettiti questo." Sospirando mi giro e mi allontano.

"Che succede?" Mina risponde al primo squillo.

"Come sta andando?"

"Da queste parti sembra tutto bene. Ho fatto alcuni rapidi sondaggi. Il pubblico statunitense adora la faccenda del principe. Si direbbero perlopiù divertiti dallo scandalo con Pepper Spice. Sul consiglio di amministrazione non saprei, per quello ci vorrà un atteggiamento un po' ossequioso."

"Su quello ci stiamo lavorando. L'intervista di domani sarà d'aiuto." "Come sta il Principe azzurro?"

"È sempre uno stronzo dispotico." Guardo il bikini che ho in mano facendo una smorfia.

"Ti ho sentita," urla forte Theo dal bar, dove si sta servendo un drink. Mina ride sotto i baffi. "È nella stanza con te?"

Faccio un sospiro. "Ceneremo insieme."

"Oh, oh, ragazzi. Stasera qualcuno si farà una bella scopata reale." "Proprio per niente," la schernisco. "Lavoreremo. Proviamo l'intervista di domani. È stato l'unico modo per convincerlo a farla."

"Continua pure a raccontartelo. Io dico che questo è un appuntamento." "Non è un appuntamento..."

"Sì che lo è," urla Theo dall'altra parte della piscina. Adesso è seduto a un piccolo tavolo apparecchiato per due.

Mina ride a crepapelle e io alzo gli occhi al cielo. "Devo andare." Quando ritorno dallo spogliatoio, indossando il bikini sotto l'abito, la cena è servita. Theo si alza e mi offre la sedia, da perfetto gentiluomo.

Il posto è deserto. O nessuno degli ospiti dell'hotel ha pensato di salire fin qui, oppure Theo si è organizzato perché potessimo rimanere soli. Ho il sospetto che la seconda ipotesi sia quella corretta.

Theo toglie il coperchio dal mio piatto e un profumino delizioso mi colpisce le narici. Il mio stomaco brontola. Ci buttiamo sul cibo.

"Molto buono," commento dopo aver ripulito il mio piatto. Lavorare tutto il giorno facendo i volontari fa venire appetito. "Quando ha costruito questo hotel tuo padre?"

"Questo è l'hotel dove i miei genitori si sono incontrati."

"Sul serio?"

Annuisce. È stato piuttosto taciturno per tutta la cena, cupo e pensieroso. Forse proprio per questo.

"Non parli mai dei tuoi genitori."

"Non posso dire di averli veramente conosciuti." Theo immerge un gambero gigante nella salsa e lo avvicina alla mia bocca. "Aprila."

Io tengo la bocca chiusa.

"Sei allergica?"

"No."

"Allora fidati di me."

Lascio che mi imbocchi. "Oh mio Dio," faccio gemendo. "Cazzo, quanto è buono."

"Usi un linguaggio abbastanza volgare per essere una ragazza," dice. "Mi piace."

"Tu sei volgare e basta." Controbatto masticando rumorosamente un altro po' di gambero. Di solito sto abbastanza attenta a mangiare in modo educato, ma questa è una serata troppo surreale. Sono sul tetto del mondo e sto cenando con un principe. Anzi, non con un principe. Con un dio.

Faccio una risatina.

Theo alza un sopracciglio. "Forse è il caso di andarci più piano con il vino."

"Avevo pensato che volessi ubriacarmi per farmi finire nel tuo letto." "Questo è barare," dice. "Io sono un gentleman."

"Sì, lo sei," dico a mia volta, cercando di non avere un tono sorpreso. "Sei un vero gentleman."

"Faccio sempre in modo che le signore vengano per prime," prosegue. Gli faccio un verso di rimbrotto. "Stavi andando molto bene. Location splendida, cibo da favola, non ti sei tolto la maglietta…"

"Cosa c'è che non va col fatto di togliermi la maglietta?"

Mi premo la mano sulla fronte. "C'è davvero bisogno che ti risponda?" "No," dice alzandosi. Con una lentezza esagerata, si sfila di dosso la maglietta. Io ho un piccolo sussulto quando il tatuaggio della pantera appare alla vista. Sento le mie parti basse iniziare a fare le fusa.

"Dai," dice, sorridendo come un gatto davanti alla panna. "Ammettilo che così sto bene."

È così. È proprio così.

"No comment," dico, inclinando il capo per studiare meglio il tatuaggio della pantera.

Mi prende per mano, portandomi dal tavolo a bordo piscina.

"Forza, verginella. È ora di bagnarci. A meno che tu non lo sia già?" "No comment," rido, togliendomi l'abito e liberandomi anche delle mie inibizioni, insieme ai vestiti. Sono sul tetto del mondo e non mi interessa cosa ne pensino gli altri. È così che Theo sceglie di vivere la sua vita? In effetti è liberatorio. "Sei bellissima," mi dice Theo.

"Lo so." Gli passo davanti e mi tuffo in acqua.

Lui mi segue e nuotiamo in cerchio l'uno attorno all'altra, in anelli sempre più stretti fino a che ci tocchiamo.

"Com'è possibile che io finisca sempre mezza nuda quando ci sei tu in circolazione?"

"Ieri sera non eri mezza nuda."

"Quello è stato un caso fortuito." Gli lancio un'occhiataccia alla signorina Mavery, anche se mi mancano gli occhiali. "Sei stato molto, molto birichino."

"E tu sei stata molto, molto brava. Ma ho il sospetto che quella della brava ragazza sia soltanto un'immagine. Dai, Vesper." Afferra la mia mano, attirandomi più vicino a sé prima che io mi liberi di nuovo. "Andiamo, fai un po' la birichina con me." Una voglia libidinosa freme dentro di me al suo tocco.

Fanculo.

"Mi sto già comportando molto male. Una cena intima con il mio capo. Pessima idea."

"Non sono il tuo capo. Ti ho licenziata, non ricordi?"

"Verissimo. Lo hai fatto. Eri e sei un navigatissimo stronzo. Quindi perché dovrei avere voglia di fare una cenetta intima con te?"

"Perché," occupa il mio spazio mettendomi le mani sui fianchi. "Ti ho licenziata esclusivamente per poter fare questo."

Sta per baciarmi. All'ultimo istante volto il capo e le sue labbra finiscono sulla mia spalla. Rabbrividisco quando mi bacia sul collo.

"Sei bravo a farlo," gli dico quando rialza la testa. "Hai molta esperienza?" "Non quanta potresti credere tu," risponde.

Sollevo un sopracciglio.

Si allontana, passandosi nervosamente la mano tra i capelli. "'Fanculo, Vesper. So di essere un puttaniere, ma non così tanto come sembra."

"Rilassati," gli dico. "Non ti giudico. Anch'io sono andata a letto con un sacco di ragazzi." *Se solo sapessi quanti.*

"E so di essermi comportato da cretino con te, all'inizio. Mi scuso." "Accetto le tue scuse. Alle elementari, i ragazzini mi tiravano le pietre quando gli piaceva. So come gestire i comportamenti arroganti. Sebbene... ti rivelerò un segreto," mi avvicino per sussurrargli all'orecchio. "Provo una certa attrazione per i cretini."

"Anche adesso? Allora cercherò di accontentarti." Le sue mani tornano sui miei fianchi. "Lo sai qual è stato il primo momento in cui mi sono sentito attratto da te?" chiede.

"Sui gradini di casa tua?"

"Voglio dire *veramente* attratto da te. Dalla vera Vesper Smith, non soltanto dalle gambe lunghe e dai capelli biondi."

Lo spingo via per aver ripetuto le mie stesse identiche parole, e lui mi afferra le braccia e se le mette dietro al collo. Le mie tette sono premute contro di lui e mi dà una bellissima sensazione. Come se fosse giusto così.

"La prima volta che ti sei sentito attratto da me," dico meditabonda. "Quando hai detto agli altri che il mio nome significava 'Dio' in greco." "Dopodiché mi hai chiamata secchiona e tutti mi hanno riso dietro." Sussulta. "Non è stata una delle mie uscite più felici."

"No, ma ti perdono." Sto galleggiando tra le braccia di Theo. Riesco ancora a toccare leggermente il fondo della piscina, ma solo con le punte dei piedi. Stiamo danzando nell'acqua, dondolandoci e girando lentamente. Tutto in Theo mi fa sentire giovane ed emozionata. Come fosse la mia prima cotta e io fossi ancora vergine. Forse è questo il suo vero potere. Ti fa sentire come una persona nuova.

"Tocca a te, adesso," dice. "Dimmi in quale momento hai visto per la prima volta in me il vero Theo."

"Allo skatepark," rispondo. "Dal modo in cui parlavi a quei ragazzini, trattandoli alla pari."

Theo mi trascina nella parte più profonda della piscina.

Mi scioglie la coda di cavallo e i miei capelli si allargano sull'acqua come una cascata d'oro.

"Dopodiché ti ho rimproverata. Sono un vero stronzo."

"No. Stavi proteggendo quei ragazzini. Così come proteggevi te stesso. Sei un bravo ragazzo."

"No, non lo sono. Sono cattivo. Molto, molto cattivo."

"Quanto cattivo?"

Mi solleva. Automaticamente gli avvolgo le gambe intorno ai fianchi. Sono prontissima a far scivolare la mia fica su e giù su quegli addominali scolpiti. E invece lui mi tira per aria e mi lancia in acqua.

"Delinquente!" gli urlo quando riemergo per ritrovare il fiato.

"Molto, molto cattivo." Fa un sorrisetto.

Mi metto a nuotare facendo finta di volerlo colpire. È troppo grande e grosso e mi afferra il braccio facendolo girare, cosicché mi ritrovo con la schiena poggiata contro il suo petto.

"Lasciami andare," cerco di dargli delle gomitate mentre mi tiene stretta. "Di' la parola magica."

"Per favore."

"Questa non è la parola magica." Le sue labbra si posano nell'incavo sul collo dove si sente pulsare il sangue e mi bacia e mi lecca, prima di succhiare abbastanza forte da lasciarmi il segno di un succhiotto.

"Argh," mi dimeno e cerco di pestargli un piede, ma lui si limita a sollevarmi e portarmi con facilità dove l'acqua è più bassa. Sto ansimando. Il reggiseno del mio bikini è sul punto di slacciarsi da solo. Glielo dico e la sua risata, profonda e vibrante, quasi mi fa venire. Mi tiene imprigionata con le braccia incrociate davanti al corpo. Mi piega un pochino e sento il suo siluro spingere in mezzo alle mie gambe.

"Chiedimi di scoparti."

Il suo cazzo scivola sulla fessura della mia fica e il bikini non serve a molto per proteggermi. Sento piccole scintille di piacere scoppiettare dentro di me. "Per favore," gli sussurro invece.

"Mi chiederai molte cose supplicando, stasera," mi promette, facendomi correre la lingua sull'orecchio.

Mi lascia andare, ma le cose tra noi sono cambiate, ci giriamo attorno come la terra e il sole, incapaci di resistere all'attrazione gravitazionale.

Goccioline d'acqua scivolano sulle sue spalle tatuate. Vorrei leccargliele via, e invece faccio scivolare la mano sul muscolo indolenzito.

Lui mi prende di nuovo tra le braccia. Faccio scorrere un pollice sulle sue labbra perfette, sentendo il suo cazzo che spinge contro il mio ventre.

"Tutti hanno dei segreti," gli sussurro. "Tutti hanno un lato oscuro. Ma non tu. Tu i tuoi peccati li mostri apertamente. Il tuo segreto, il tuo lato oscuro, è che sei un bravo ragazzo. Com'è vivere così? Nella più totale onestà?"

"V," sussurra. Ma non scoprirò mai cosa mi volesse dire, perché quando avvicino il viso al suo mi bacia.

Theo ci sa fare con le labbra e con la lingua. Mi perdo in lui.

Mi porta fuori dalla piscina, oltre il tavolo, fino al corridoio, dove mi fa scendere abbastanza da poter afferrare un asciugamano bianco e avvolgermelo attorno. Le mie braccia sono attorno al suo collo, e non lo lascio andare.

"Theo..."

"A letto, adesso." Mi solleva di nuovo, incamminandosi per tornare all'attico. Non riusciamo ad arrivare oltre il corridoio.

La pelle è infreddolita dall'acqua e ho bisogno di sfregarmi contro di lui. Il suo corpo mi scalda, accendendomi. Lo bacio avidamente, mettendogli le mani sul viso a coppa per tenerlo fermo.

Mi solleva e mi spinge contro il muro.

La mia fica sta pulsando come se fosse un secondo cuore, battendo a un ritmo dettato da lui. Solo da lui.

Le sue dita trovano la mia vagina e iniziano a scivolare dentro e fuori, la mia fessura si inonda.

"Un preservativo," ansimo, prima di perdere completamente la testa. Lui annuisce con aria assente, mi rimette a terra e si inginocchia davanti a me. La sua bocca si appropria delle mie grandi labbra, calda e conturbante. Labbra e lingua continuano lì il loro lavoro sapiente. Evidentemente baciarmi sulla bocca era solo un'esercitazione. Con la bocca serrata sulla mia fica, sembra che mi stia limonando. Le sue mani mi afferrano le natiche e quando la sua lingua entra dentro di me praticamente le mie spalle strisciano contro il muro.

"Oddio," gemo, gettando la testa all'indietro. "Oddio."

La lingua di Theo mi fotte implacabile fino a che raggiungo l'orgasmo, appiccicata al muro, tenendomi ai suoi capelli scuri come se ne andasse della mia vita. Quando mi lascia andare, inizio a scivolare in basso verso il pavimento, ma lui mi prende tra le braccia e si avvia verso l'ascensore. È tutto uno scherzare, ridacchiare e pomiciare con passione finché le porte si aprono con un "ping" e mi rendo conto che siamo quasi arrivati al suo attico.

Nascondo la testa sul suo petto. "Oh, cazzo. Le guardie di sicurezza. Non posso farmi vedere da Evans in questo stato."

"Rilassati, baby. Ho fatto liberare tutto l'ultimo piano. Non c'è nessuno qui" dice confermando i miei sospetti. Apre la porta con una mano e mi porta dentro. "Voglio prenderti in ogni passaggio, su ogni superficie, in ogni stanza di questo posto. Muoio dalla voglia di penetrarti da quando sei comparsa con quel tailleur ridicolo e poi sei arrivata sfilando fino alla piscina e mi hai messo al mio posto."

Rido, mezza stordita.

"Sei una cattiva ragazza, Vesper. Tu mi tenti. Mi stuzzichi."

Mi mette giù. "Sali sul letto."

Io mi ci chino sopra e sculetto in bikini verso di lui.

Lui mi dà una sculacciata, forte.

"Su, ho detto."

Mi arrampico sul letto e mi metto carponi, agitando il culo per aria. "Così?" "Sì. Adesso rimani dove sei." Mi sfila la stoffa umida del bikini e si avventa con la bocca tra le mie natiche. Strillo quando inizia a leccarmi il buco del culo con la lingua. Troppo eccitante. Troppo sporco. Troppo tutto.

"Ti piace?" chiede.

"No," protesto, e mi dimostra che sbaglio quando lo fa di nuovo sfregando contemporaneamente tra le grandi labbra bagnate.

Questa volta protesto quando smette.

"Questa è mia, stasera." Mi afferra la natica destra e la stringe prima di darmi una sculacciata, forte. "Ti scoperò in tutti i modi che voglio. E sai cosa, Vesper? Voglio tutto."

Un'eccitazione libidinosa ribolle dentro di me. Il piacere sprizza dai miei capezzoli, dalla fica, dalla natica dove mi ha sculacciata.

"Infilati la mano in mezzo alle gambe. Fatti un ditalino."

Mi protendo in avanti, allargo le ginocchia e do inizio allo spettacolo. Il mio orgasmo danza a pochi millimetri da me. Lo inseguo usando le mie dita, ansimando, contorcendomi. Le mie tette saltano fuori dal reggiseno del bikini. Mi inarco di più, sfregando i capezzoli contro il letto.

"Fermati," mi ordina. Mi infila di nuovo la lingua nel culo. La sensazione che mi dà, così proibita, così fantastica, mi arriva fino alla fica. Oh, è perfetto. Così immensamente perfetto. Così immensamente e tremendamente sbagliato.

Un tremore mi attraversa, un anticipo di estasi. Gemo, forte e sommessamente. "Cazzo." Mi sculaccia di nuovo. "Sei davvero una gran sporcacciona. Continua a toccarti, ma non venire."

Faccio roteare tutto il corpo, mentre mi fotto usando la mia stessa mano.

"Non venire!" mi ammonisce, vedendo che le gambe mi tremano. Le sue parole mi eccitano ancora di più. "Devi supplicarmi per farlo."

"Per favore."

"No," mi tira via la mano. "Voglio farti impazzire. Stasera potrai venire solo quando sarò dentro di te."

Fremendo dal desiderio di venire, lo assecondo mentre mi tira per i capelli. Mi tira la testa facendomi arrivare al punto dove è inginocchiato sul letto, con il cazzo che dondola davanti alla mia faccia.

"Sì," faccio un respiro prima di sporgermi in avanti per inghiottirlo. La lingua passa sulle vene della parte inferiore del suo cazzo mentre lo prendo in bocca, gemendo per la sua meravigliosa lunghezza. Stringe i miei capelli per controllare il movimento. Cazzo quanto mi fa godere.

È vicino all'eiaculazione quando mi guida per far uscire il suo arnese dalla mia bocca. "Non voglio venirti in bocca." Mi mette in posizione, allungata sulla schiena, allargandomi le ginocchia.

Mi aggancia le gambe nell'incavo dei suoi gomiti e mi penetra violentemente. Una sola spinta, e me lo infila dentro fino alla base. La mia eccitazione salita alle stelle mi dice che sono pronta a venire, ma urlo già dalla sensazione fantastica che mi dà. Ha un cazzo talmente lungo che mi arriva fino in fondo alle reni, e abbastanza grosso da sfregare tutte le parti che ci stanno in mezzo.

Scivola fuori, quasi completamente, e aspetta un attimo prima di sbattermelo di nuovo dentro. La forza del movimento colpisce il mio clitoride, facendolo risvegliare. Lancio un urlo di felice sorpresa e gli afferro le spalle, tenendomi come se ne andasse della mia vita, mentre lui esce ancora e poi me lo sbatte di nuovo dentro. Una terza volta e il mio orgasmo esplode come una bomba.

Theo mette le mie gambe sulle sue spalle mentre inizia a scoparmi con forza. Mi trascina di nuovo sull'orlo dell'orgasmo. Gli pianto le unghie nelle braccia e lui grugnisce come un animale.

È primitivo, brutale, bellissimo.

"Toccati," mi chiede imperioso.

Faccio scivolare la mano tra di noi e cerco il clitoride, ma è troppo sensibile e glielo dico.

Mi afferra le caviglie, tirandomi su le gambe dritte mentre esce da me. "Guardami. Ti sto scopando alla grande. Vuoi vedermi sborrare?" "Sì, cazzo, sì."

"Sì? Allora gioca un po' con le tue tette. Fammi uno show come si deve, Vesper. Fai la cattiva ragazza per me."

Mi prendo le tette con le mani, strizzandomi i capezzoli. "Voglio," dico ansimando. "Voglio che tu sborri."

"Sei proprio una cattiva ragazza."

"Sì, cattiva. Molto, molto cattiva."

La mia fica si stringe in preda a un orgasmo imminente. L'orgasmo deflagra intorno a me, cogliendomi alla sprovvista. I miei muscoli interni si stringono come un pugno attorno al suo uccello.

"Oh, cazzo." Cade in avanti sulle mani, scuotendosi e sobbalzando mentre viene.

Lo stringo a me mentre cerca di riprendere fiato. Prima che me ne renda conto, esce da me e mi cambia di nuovo posizione, mettendomi a quattro zampe. "Ancora?" chiedo sorpresa, quando Theo viene di nuovo verso di me con il cazzo ancora duro e dritto come un'asta.

"Ancora."

* * *

Dopo averlo fatto tre volte, sono raggomitolata senza forze sul piumone. Theo mi abbassa la gamba dopo averla sistemata per prendermi da dietro. Si alza per togliersi il preservativo. Quando ritorna, si china vicino a me, baciandomi sulla nuca. "Aveva ragione quella là," mormoro. "Sei un dio."

Ridacchia.

"Questo fa di me una dea?"

"Oh certo," mi fa accoccolare tra le sue braccia. "Ti costruirò un tempio per venerarti ogni giorno."

"Mmm," gli faccio le fusa. "Casa tua è già un vero revival della Grecia antica." Ha un sussulto. "Mio padre. Collezionava quella roba classica. A quanto pare a mamma piaceva. Le ricordava casa sua."

"Non riesco a credere che tu sia il principe ereditario della corona di Danimarca."

"Non riesco a crederci neanch'io. Io non vorrei essere nient'altro che una persona normale, in realtà."

Mi giro e lo bacio. "Mi hai scopata tre volte di seguito e mi hai fatto venire ogni volta. Siamo già ben oltre il limite della normalità. Sei davvero un dio." Ci assopiamo un po', quando uno scoppiettio all'esterno mi fa sobbalzare. "Cos'è stato?"

"Una sorpresa. Vieni."

Quando mi riporta su alla piscina, quasi vorrei tornare indietro, ma la vista dei fuochi d'artificio che esplodono sopra il parco mi fa correre alla balaustra. "Oh, mio Dio." I razzi sibilanti volano in alto ed esplodono nella notte in una pioggia di scintille colorate.

"Li hai organizzati tu?" Mi volto verso di lui. "Per me?"

Alza le spalle.

Non so cosa dire. A quanto ne so, non ha mai messo in piedi una sceneggiata come questa per portarsi a letto una ragazza. Non che ne avesse bisogno. "Grazie."

Rimaniamo a guardarli insieme, io appoggiata a Theo. Il lenzuolo mi è scivolato scandalosamente giù. Non me ne frega niente. Quando il gran finale ha inizio, mi giro e, premendo le tette nude sul suo petto, lo bacio.

* * *

IL MATTINO ci coglie nel suo attico, con le gambe intrecciate.

Theo si sveglia e mi sorride. Mi viene spontaneo cercare gli occhiali, ma mi rendo conto di non averli. "Ehi."

"Ehi," risponde lui mentre scendo giù dal letto. Non vorrei alzarmi. Theo assonnato che sbatte le palpebre nella luce del mattino è la cosa più bella del mondo. "Torna a letto," borbotta cercando di afferrarmi il braccio. Riesco a saltar via dalla sua traiettoria.

"Non posso. Hai un'intervista oggi. Ci dobbiamo preparare."

"Non voglio prepararmi. Voglio scopare."

"Se ti alzi dal letto subito, ti permetterò di scoparmi sotto la doccia."

Sono quasi arrivata al bagno quando il suo corpo praticamente si avventa sul mio, mi carica su una spalla e zittisce il mio gemito dandomi una sculacciata sul culo. Sotto lo spruzzo dell'acqua, fa passare le mani su tutto il mio corpo, reso scivoloso dal sapone. Mi fa voltare e solleva le mie gambe sul bordo della vasca, per penetrarmi più facilmente.

"Sono così belle," mi sussurra nell'orecchio, accarezzandomi le tette. "Voglio sborrarci sopra. Voglio che tu ti porti addosso la mia sborra tutto il giorno, sotto quel tuo completo tanto professionale."

"Mmm." Mi spingo indietro e mi aggrappo al suo collo mentre mi riempie meravigliosamente.

I suoi denti incontrano la mia spalla e me la mordicchia.

Faccio un urletto, e allora mi passa la lingua sul punto dove mi ha morso.

"Scusami, baby. Ma voglio lasciarti segni dappertutto. Voglio che tutti sappiano che sei mia."

A quel punto esplodo. Vengo attorno al suo cazzo, con i palmi contro le piastrelle, con l'eco dei miei gemiti che invade il bagno.

* * *

"Eccola lì. Col suo completo," mormora Theo mentre esco vestita, pronta ad affrontare la giornata. Ho passato gli ultimi dieci minuti a cercare di coprire con il trucco il succhiotto che mi ha fatto.

"Tu," punto il dito su di lui, "sei molto, ma molto cattivo."

"Io?" Sbatte le lunghe ciglia, con l'aria più innocente del mondo. "Sono io che sono stato sedotto da una cattivissima…"

Gli do una spinta sul petto e lo bacio.

"Cosa sono io?" gli chiedo dopo essermi staccata da lui.

"No comment."

"Bravo, così va bene. Devo andare a fare il punto con Evans. Ci vediamo qui tra un'ora. Okay?" Mi fermo sulla porta. "Niente fughe. Niente corse per tutta Manhattan su auto d'epoca rubate dal garage. E, per l'amor del cielo, non metterti a torso nudo." "Se lo faccio, cosa avrò in cambio?"

"Ti permetterò di sborrarmi addosso. Mentre sono in tailleur." Mi metto in posa contro la porta. I suoi occhi si illuminano.

"Ah, un'altra cosa. Se ti comporti molto, ma molto bene… mi metterò anche gli occhiali."

Mi dirigo verso la suite che Evans ha requisito per farne il suo ufficio. Il capo della sicurezza mi viene incontro quando entro, e mi si piazza davanti. "Tutto a posto? Non ho ancora avuto tempo di controllare il mio telefono..." Smetto di parlare quando vedo la sua faccia.

"L'ho assunta per risolvere i problemi, non per peggiorare le cose." Mi lancia in faccia una pila di fogli. Cadono facendo un rumore di frusta, non come fa la carta normalmente. Grandi fotografie patinate. Di Theo. Di me. La piscina, e noi vicino alla balaustra. Il bacio alla luce dei fuochi d'artificio. Le braccia di Theo mi coprono, ma è evidente che non indosso una maglietta.

Merda.

"È in tutti i notiziari. Theo beccato di nuovo con le brache calate. E non è tutto." Ha il viso così rosso che rasenta il porpora. "Scrivono che lei faceva la escort. Che lo ha fatto per tutti gli anni del college."

"Cosa?" sussurro, raccogliendo le fotografie e stringendomele sul petto, un po' debole come scudo.

"È vero? Chi diavolo è lei, Vesper Smith?"

"Rimetterò tutto a posto," dico tremando. Faccio il gesto di aggiustarmi gli occhiali, ma non li ho messi.

"Non voglio saperne niente. Fanculo, lei è licenziata."

"Mi spiace..."

"Fuori di qui," sibila Evans. "Prenda le sue cose e sparisca."

* * *

IL TRAGITTO di ritorno alla camera di Theo è il più lungo della mia vita. Il telefono sta vibrando di alert di Google. "Principe ereditario beccato con una escort." Il peggior scenario possibile, che salta fuori dai miei peggiori incubi. Tutto ciò a cui ho cercato di porre rimedio. Tutto ciò che ho cercato di nascondere. Adesso è tutto pubblico.

Nemmeno quando facevo l'escort mi sono mai vergognata tanto. All'epoca ero concentrata sul mio obiettivo. Ogni cliente mi portava più vicino al traguardo di laurearmi. A poter diventare una donna d'affari. Una di cui la signorina Mavery sarebbe andata fiera.

Ho preso la laurea e i contatti giusti per poter avviare la mia carriera, ma non è stato gratis. Credevo di averne già pagato il prezzo.

A quanto pare invece ero ancora in debito, e mi costerà tutto ciò che ho costruito finora. Ma se sarò molto, ma molto fortunata, non mi costerà l'uomo di cui mi sto innamorando.

Apro la porta dell'attico ed entro quasi senza vedere cosa ho davanti. "Theo, io…"

Mi fermo sentendo delle risatine. C'è Theo, insieme alla biondina. Lei indossa un completo grigio con gonna a tubino, e sta ridendo mentre aggiusta il colletto della camicia a Theo.

Gambe lunghe, capelli biondi. Tailleur grigio.

Suppongo di essere stata rimpiazzata.

"Vesper?" dice Theo. La biondina fa per toccarlo e lui si si scosta. Un attimo troppo tardi. "Cosa c'è che non va?"

"Che cazzo, mi stai prendendo in giro?" sbotto.

La biondina mi guarda con un sorrisetto. "Theo," allunga la mano verso di lui, e anche se Theo la respinge, lo stomaco mi si infiamma per il tradimento. "Non importa. Scusami. Scusami per aver interrotto. Scusami… per tutto." Mi giro per uscire. Questa volta non ci vedo proprio perché gli occhi si sono riempiti di lacrime.

"Vesper," mi grida dietro Theo, ma affretto il passo e fuggo via.

CAPITOLO 7

"*M*i dispiace," dice Mina, il rammarico nella sua voce è percepibile anche al telefono. "Credevo di essere riuscita a seppellire tutto abbastanza in profondità." "Stai tranquilla. I segreti prima o poi saltano fuori," dico stancamente. È una frase che dico sempre ai miei clienti, in questo momento mi irrita persino sentirla. "Chi può aver parlato?" Butto in valigia le mie cose.

"Ho fatto un po' di ricerche. Gira voce che anche una delle amichette che Theo frequenta sia una escort."

"Naturale. Tradita da una come me."

"Tu non sei…" Mina fa uno sbuffo, frustrata. "Senti, tu hai fatto l'escort, okay. E allora? È perfettamente legale."

"Quello che facevo nelle stanze di hotel non lo era," ribatto io.

"Ti ha permesso di finire il college," continua. Mina è una gran testarda. "Non c'è nulla di cui vergognarsi."

"Eppure, eccomi qua," dico stancamente. "A vergognarmi. Il primo ragazzo che mi piace dopo anni, e sono riuscita a rovinare tutto."

Mina non dice niente. Mi accorgo che sta cercando disperatamente qualcosa di carino da dire, poi rinuncia. "Merda."

"Già." Butto le mie ultime cose nella valigia e chiudo la cerniera. La mia stanza è immacolata. Una volta che sarò uscita, sarà come se non ci fossi mai entrata. Il succhiotto che ho sul collo pulsa. *Voglio lasciarti il marchio.* E lo ha fatto. La mia fica fa ancora male dalla voglia che ho di lui.

Oh, Vesper, te li scegli proprio bene.

"Merda," ripete Mina.

"Lo so, ho davvero mandato tutto a puttane…"

"No, non per quello. Voglio dire, è vero, ma…"

"Be', tante grazie. La prossima volta che vorrai farmi sentire meglio, almeno non…"

"È in TV," mi interrompe Mina.

"Cosa?"

"È fuori dall'hotel e sta parlando con i giornalisti." Strilla lei. "Oh mio Dio! Questo devi vederlo. Canale 108."

Mi precipito ad accendere la TV. Theo è davanti al suo albergo, illuminato dai flash delle macchine fotografiche.

"So di non avere una grande reputazione," dice. Ha i capelli arruffati e la camicia stropicciata, il bianco intenso della stoffa gli fa risaltare la pelle abbronzata. È stupendo. "Per troppo tempo ho rimandato le mie responsabilità. Ho molte cose da risistemare. Ma alcuni giorni fa ho incontrato una persona."

Si ferma, con un sorriso in volto che sembra guardare lontano.

"Mi ha dimostrato che io non sono soltanto la reputazione che ho. Mi ha sfidato a essere di più. Se adesso mi sta ascoltando, voglio farle una promessa. Mi metterò a rigare dritto. Vesper, se torni da me, sistemerò le cose."

"Oh cazzo!" dico, mentre Theo annuisce e se ne va, con i giornalisti che urlano perché vorrebbero sapere altro.

"Oh cazzo!" strilla Mina. "Non è la stronzata più romantica che si sia mai vista? Forse non formerò un gruppo di investitori per fare una Opa ostile e mandare in affanno le azioni della sua azienda facendola entrare in una spirale mortale."

Blatera dei suoi piani di vendetta che, conoscendola, non devono essere troppo legali.

"Mina!" la interrompo alla fine.

"Cosa c'è?"

"Dov'è?"

"Come faccio a saperlo?"

"Mina."

"Okay, hai ragione. Ho hackerato il suo telefono non appena ho capito che ti eri presa una cotta per lui. Lo sai che ha ricevuto dei messaggi da Pepper Spice? Ha bloccato il suo numero."

"Mina, dov'è?"

"Un attimo." C'è una lunga pausa e io mi sfrego la fronte. Neppure vodka e Valium potrebbero nulla contro questo mal di testa. "È ancora in albergo."

"Sei sicura?" L'orologio segna quasi le dieci. "Dovrebbe essere partito per andare a fare l'intervista, a quest'ora."

"Be', io ti posso soltanto dire dov'è il suo telefono..."

"Vesper?" Si sente una voce soffocata, seguita da colpi alla porta. "Devo andare," dico a Mina, prima di correre ad aprire la porta. Theo irrompe dentro. Il suo grosso corpo mi spinge indietro.

"Theo, cosa stai facendo? Rischi di perdere l'intervista."

"Affanculo l'intervista," mi prende tra le braccia. "Non voglio parlare con quella gente. Voglio stare con te. Sei la sola che sa vedere chi sono veramente." La sua bocca reclama la mia, accendendomi con un bacio elettrizzante. Mi sottraggo al bacio, anche se farlo mi fa soffrire.

"Non puoi stare qui," gli dico sulla gola. "Non puoi farti vedere con me." "Perché eri una escort?"

"Sì…"

"Non me ne frega niente." Mi bacia di nuovo, interrompendosi solo per aggiungere: "Non me ne frega un cazzo di niente."

Dovrei oppormi, ma il suo desiderio accende il mio allontanando qualsiasi pensiero dalla mente. Mi stringo a lui mentre mi solleva, prendendomi sotto le natiche con le sue grosse mani mentre va verso il letto.

"Ti voglio," dice senza fiato, con gli occhi sgranati. Io annuisco. Si toglie i calzoni e tira fuori di tasca un preservativo, mentre io mi libero dei vestiti. Non appena lo ha infilato si siede sul letto e io mi siedo su di lui infilandomi dentro lentamente la sua grossa asta. Quando l'ho fatto entrare tutto dentro di me, inizio a muovere il bacino, cavalcandolo mentre la mia mente si svuota. Lui mi tiene delicatamente, sostenendomi finché il piacere non scorre nel mio corpo, delicato come una marea che si ritira.

Ansimo, chiamando il suo nome.

"Adesso tocca a me," ringhia, prendendomi i fianchi. Pianto un urlo quando mi penetra di nuovo. Le tette saltano su e giù mentre mi fa rimbalzare sopra il suo cazzo. "Cazzo, Vesper, cazzo," ripete cantilenando. Le sue dita mi artigliano le chiappe. Mi appoggio alle sue spalle, sentendo quei muscoli d'acciaio contrarsi sotto le mie mani.

Il suo cazzo va a toccare un punto di piacere nascosto in profondità dentro di me, e inizio a sussultare fuori controllo, rispondendo con un orgasmo. Con un'imprecazione, Theo dà un'ultima forte spinta verso l'alto e il suo corpo si tende mentre viene.

Crolliamo tutti e due sul letto.

"È stato…" ansimo, scuotendo la testa, incapace di terminare la frase. "Già," concorda lui. Ridiamo tutti e due.

"No comment," dico, ma poi il mio umore cambia.

Mi siedo sul letto. "Devo andare."

"No." Theo mi afferra e io mi divincolo e prendo i miei pantaloni. "È stata una gran bella scopata ma…"

"Fermati," mi dice imperioso, e io gli obbedisco. "Vesper. Questo non è un addio."

"No?" Mi cerco gli occhiali sul naso e visto che non li ho, mi tiro indietro i capelli.

"Non…" Scuote la testa. "Non sono pronto per un addio."

"Lo eri stamattina, con la biondina."

"Chi? Ah, vuoi dire Nessa?"

"Sì, Nessa," dico incazzata. "Cosa ci faceva in camera tua?"

Theo aggrotta le sopracciglia, il che mi fa incazzare ancora di più. Non riesce a sembrare indignato. Non per questo. "Che cazzo ne so. Ha detto che tu ed Evans l'avevate mandata da me per dare una mano a prepararmi per l'intervista."

"Oh, di sicuro," ringhio. "Ti ha aiutato a sistemarti anche prima che ti scopassi Pepper Spice?"

"Ma che cazzo!?"

"Sei. Uno. Schifoso. Puttaniere." gli urlo. "Un principe ereditario che si è fottuto metà delle donne della terra. Almeno tre delle quali sono state riprese da videocamere. Compresa me." Affondo sul letto, con la rabbia che svanisce come un temporale estivo. "Non riesco a credere di essere stata così stupida. So proprio scegliermeli bene, gli uomini." Mi copro la faccia con le mani. Gli occhiali non bastano. Dovrò nascondere la testa sotto una busta per tutto il resto della mia vita.

Theo mette le mani sulle mie e me le tira giù dal viso. "Vesper, smettila." Si inginocchia davanti a me. "Non essere così dura con te stessa. Hai ragione. Lo so che non ti merito, ma per favore." Mi bacia le mani. "Per favore, dammi almeno una possibilità."

"Non funzionerebbe. La stampa ha ragione. Ho fatto la escort prima di laurearmi. Sai quel club privato di cui ti ho parlato? Era lì che incontravo i miei clienti. Uno di loro mi ha procurato il primo stage, che poi si è trasformato in un lavoro."

"Vesper, non me ne importa niente."

"Ma al resto del mondo sì. Importa al consiglio di amministrazione di tuo padre. E scommetto che importa anche a tua nonna. Non puoi arrivare in Danimarca tutto pimpante con me al braccio. Le cose non vanno così al mondo." La gola mi brucia dallo sforzo di trattenere le lacrime. "Mi spiace di averti mentito."

"È a me che spiace. Se non fosse stato per me, questa storia non sarebbe mai venuta fuori." Intreccia le dita alle mie. "Tu mi hai detto che tutti hanno dei segreti. Siamo probabilmente le sole persone al mondo a non averne più."

"Mi sono scavata la fossa da sola." Le parole suonano vuote. "E adesso dovrò rimanerci dentro."

Lui si alza e si stende accanto a me, trascinandomi sul copriletto. "E allora rimanici. Ma con me."

"Cosa vuoi dire?"

"Non abbiamo bisogno di angustiarci per queste cose. Sono soltanto stronzate. Non me ne frega niente di cosa pensano di me gli altri. Mi interessa cosa pensi tu di me. E avevi ragione, quando dicevi che ho abbastanza soldi e una struttura abbastanza solida per poter fare qualcosa, per fare la differenza." Mi bacia di nuovo la mano. "Aiutami a farlo."

"Theo." La voce mi si soffoca in gola. "Avrei dovuto chiedertelo fin dall'inizio, dal primo giorno in cui ho iniziato a lavorare per te. Che cosa vuoi? Posso creare Theo Kensington. Ma chi vuoi essere?"

Chiude gli occhi. Poi li riapre. "Io voglio solo essere felice," dice. "Voglio essere libero."

"Dimmi cosa significa in concreto. Fammelo vedere."

"Voglio alzarmi la mattina sapendo che farò qualcosa che conta. Voglio fare skateboard nei weekend. E tornare a casa per trovarvi una donna bellissima che mi aspetta." Mi accarezza la guancia.

"Bellissima e intelligente," lo correggo.

Rotola su di me. "Bellissima e intelligente." Sigilla ogni parola con un bacio. "Resta con me, Vesper. Non so cosa farò con il consiglio di amministrazione e con la regina, ma non mi importa. Io voglio te."

Ci lasciamo distrarre per qualche minuto, poi il mio telefono suona. Per abitudine lo cerco. Theo, da gentiluomo qual è, lo prende per me. "Evans," dice con una smorfia, e risponde lui. "Sei licenziato." Getta il telefono sul letto e ritorna da me. "Perché?"

"Ha mandato lui Nessa da me. Ne sono sicuro. Forse perché voleva distogliere la mia attenzione da te, o forse per qualche altro motivo."

Ci medito sopra mentre mi riprende tra le braccia. "Penso di sapere cosa fare riguardo al consiglio di amministrazione," dice.

"Davvero?"

"Sì. Dimettermi."

Mi guarda.

"Non vuoi più far parte del consiglio di amministrazione? Bene, non farne più parte. Sei comunque un'azionista di maggioranza. Il tuo voto conta." Abbassa le spalle. "È l'eredità che mi ha lasciato mio padre. Non posso deluderlo."

"Tuo padre è un uomo che si è fatto da solo. Scommetto che vorrebbe che tu ti realizzassi seguendo le tue inclinazioni. Tra l'altro, non ha costruito il suo impero per te. Lo ha fatto per tua madre. Per dimostrare di essere degno di una principessa." Dopo un po' Theo annuisce. "Hai ragione."

"Manda loro una lettera di dimissioni. Escine senza far rumore. Digli che vuoi concentrarti su opere sociali. Il che è anche vero. Se poi tra qualche anno dovessi cambiare idea, potrai presentare una petizione per essere reintegrato."

Sul suo viso si diffonde lentamente un sorriso. "Risolverai per me tutti i problemi della vita, ragazza intelligente?"

"Probabile," rispondo. "Dammi solo cinque minuti." Scoppiamo a ridere.

"E con la Danimarca?" chiede.

"Tu cosa vuoi fare con la Danimarca?"

"Pensi che potrei farla franca se dessi buca alla regina che mi ha convocato in udienza?"

"Te lo sconsiglierei. Ma tu cosa vuoi?"

"Io voglio andarci," dice dopo una pausa. "Significherebbe molto per mia madre, se fosse ancora viva. Voglio riappacificarmi con la sua famiglia. Per lei." "Benissimo, allora," afferro il telefono e mi siedo sul letto. "Andiamo a incontrare la regina."

* * *

SULL'AEREO PRIVATO, Theo è seduto accanto a me, preoccupato per le maniche lunghe della camicia da completo che indossa. Le ha arrotolate quel tanto che basta perché si vedano i bordi neri di un tatuaggio. La signorina Mavery gli imporrebbe di indossarla come si deve, ma io penso che così sia molto sexy.

Scivola sul suo sedile, divaricando le lunghe gambe. Gli do un pizzicotto sulla coscia.

"Ahi."

"La regina non apprezzerebbe che tu metta in mostra così i tuoi attributi." "'Fanculo."

"O che imprechi. O che ti stravacchi a quel modo."

"Va bene, va bene," si mette a sedere composto. "Sembra che quel rompicoglioni del professor Henry Higgins circoli da queste parti." "Attento, conosco il libro." Gli agito un dito davanti prima di aprire il mio laptop per controllare una cosa. Mi si stringe ancora lo stomaco all'idea di andare a controllare i social media, perciò vado subito alle mie e-mail. Ce n'è una di Mina che dice soltanto: *"007 chiede di entrare in contatto."*

"Posso fare una telefonata?" Mi sposto sul sedile che ha il telefono accanto. La hostess mi aiuta a chiamare. Mina risponde al primo squillo.

"Mi sono presa la libertà di contattare alcuni dei tuoi vecchi amici. Cioè, i tuoi vecchi clienti. Non so se li definiresti amici."

Lo stomaco mi sprofonda sotto i piedi. "Dimmi che non l'hai fatto."

"Sì, ed erano molto interessati a non rovinare la tua reputazione. Preferiscono che certe cose rimangano private, come sai."

"Dimmi che non l'hai fatto," ripeto, sentendomi nauseata e frastornata allo stesso tempo, come se stessi volando per aria senza aereo.

"Tutta la faccenda verrà praticamente messa a tacere. È in ogni caso oscurata dalla storia del principe ereditario. I riflettori non si accenderanno più su di te, e se lo faranno, tutto ciò che vedrà la stampa sarà una bellissima donna che ha lavorato per poter finire il college. I servizi che parlano di te come una escort sono molto gonfiati. Voglio dire, le persone intelligenti lo capiranno lo stesso, ma nessuno avrà il coraggio di chiamarti puttana su una TV nazionale. Sarà tutto una strizzatina di occhi, un cenno, una pausa ad arte."

Mi aggrappo al bordo del sedile, cercando di dare un senso a tutto il suo sproloquio.

"Tutto bene?" dice Theo mimando con la bocca.

Annuisco, incerta se mettermi a piangere o gridare vittoria. Chiamare i miei vecchi clienti è stata una mossa audace, ma Mina ha ragione. Molti di loro sono uomini molto potenti, e a me ci tengono. Non li contatterei mai in prima persona, ma Mina lo ha fatto per me.

Mi commuove, è davvero una cara amica.

Ma avrei anche voglia di ucciderla.

Mina sta continuando il suo sproloquio. "Non mi sembrava il caso di provare a rendere edificante la prostituzione indicendo una conferenza stampa, quindi ho fatto il meglio che potevo. Onestamente, non credo che avrai più problemi, V. Stai andando ad Amsterdam, vero?"

"In Danimarca."

"Be' sono vicine. Voglio dire, tutti quei paesi europei sono attaccati l'uno all'altro. Dall'Olanda alla Danimarca è come per me andare in New Jersey, e in più non hanno problemi con la prostituzione come noi negli USA. In Olanda intendo dire, non in New Jersey. Non che tu fossi una prostituta, ma sappiamo tutti cosa fanno le escort in realtà e..."

"Mina," intervengo io. "Ti ringrazio. Hai fatto una cosa geniale. Però, per favore, smettila di provare a farmi sentire meglio."

Mina sbuffa nel telefono, con un sospiro di sollievo. "Grazie. Cazzo, questa stronzata di dover mostrare empatia è davvero faticosa."

"Apprezzo davvero quello che hai fatto."

"Fammi sapere se posso fare altro. Io sono qui, prontissima a distruggere i tuoi nemici."

"Non sarà necessario."

"Be', se lo fosse, ci penserò io. Puoi contare su di me." Ci salutiamo e lei riattacca.

Metto giù il telefono, con la mano che mi trema un po'.

"Vesper?" Theo mi guarda preoccupato.

"È fatta," sussurro, schiarendomi la voce. "Il mio passato. La mia reputazione. Il grosso del danno è stato riparato. È fatta."

"Ti va di farmi sapere come?"

"No." Mi porto le dita alla bocca, come desiderando di poter tenere tutto lì dentro. "Ma te lo dirò se vuoi."

Scivola dal suo sedile a quello accanto al mio. "Non importa." Mi prende la mano e me la bacia. Lo fa spesso ultimamente.

Forse un playboy può davvero trasformarsi nel Principe azzurro.

* * *

THEO MI TIENE una mano sulla schiena mentre entriamo nel palazzo reale di Copenaghen. L'imponente edificio è la residenza reale ufficiale.

"Ci sono tre piani e quattordicimila e trenta stanze," spiega la nostra guida. "È costruito in stile barocco."

Mentre passiamo tra le sale dorate, intravedo la statua di una ninfa che saltella sotto lo sguardo severo del ritratto di qualche importante tizio danese. Sembra familiare.

"Questo posto è fantastico," sussurro. "Non me ne andrei più."

"Siamo a Copenaghen, non puoi avere la sindrome di Stoccolma," fa lui con il viso serissimo.

Gli tiro una gomitata nelle costole, ma non voglio essere decapitata per aver aggredito un principe. Theo ha passato la notte a cercare tutto quello che si poteva trovare sul protocollo reale. Siamo riusciti a percorrere solo alcuni secoli, ma sono

fiduciosa che potremo superare questa udienza a corte senza fare gaffe madornali, tipo scatenare una guerra.

Spero.

La guida ci lascia in una stanza con il soffitto a volta e un lucido parquet sul pavimento.

"Nervoso?" gli sussurro.

Risponde con uno sbuffo che potrebbe essere sia un 'sì' che un 'no'. "Andrà tutto bene. Sei così bello..." Ed è vero.

Le porte si aprono. Ci giriamo entrambi, mentre entra un

piccolo drappello di persone guidate da una donna dai capelli color dell'acciaio e gli occhi scuri. "Nonna," fa Theo inchinandosi.

"Theodore," dice lei in inglese perfetto con un leggero accento britannico, e gli porge la guancia. Lui le dà un bacio leggero. Non ci sono abbracci o saluti calorosi, ma va bene così. È un inizio.

Theo si fa da parte e mi fa avanzare. "Consentitemi di presentarvi la mia esperta mediatica e la donna più intelligente che conosca. Vesper Smith, la mia ragazza." La regina alza un sopracciglio, e quel gesto la fa somigliare al nipote, salvo che per il volto imperturbabile come quello di un giocatore di poker, che renderebbe orgogliosa la signorina Mavery.

"Lieta di conoscerla," faccio un piccolo inchino alla regina.

Lei stringe gli occhi.

Ci siamo. Le prossime parole che usciranno dalla sua bocca diranno se sono bene accetta o se non sono chiaramente la benvenuta.

La mano di Theo stringe la mia. *Non voglio perderti,* mi ha detto poco prima. Niente ha importanza, finché saremo insieme.

"Quindi questa è la donna che è riuscita a riportarmi mio nipote." "Sì, nonna. Non sarei qui se non fosse per Vesper. Mi ha convinto che era giusto incontrarci ed entrare in relazione. Vorrei provarci."

"È già passato tanto tempo, decisamente troppo, e tutto per colpa mia. Quando tua madre se n'è andata, ho dato retta ai miei consiglieri. Mi dissero di disconoscerla, per rispetto del regno. Io l'ho fatto, e all'epoca è stato un balsamo per il mio orgoglio ferito." La sua voce si smorza. "Cosa non darei per poter tornare indietro e fare diversamente."

"Nonna," dice Theo con un tono gentile, che sta usando sempre più spesso. "Non si può più farci nulla. Bisogna fare ammenda quando se ne ha la possibilità. La vita è breve. Somigli moltissimo a tua madre, sai." Theo prende la mano della regina e gliela stringe. Sono lacrime quelle che brillano negli occhi della sovrana?

La regina si schiarisce la gola, diventando nuovamente regale nella sua imponenza, ma Theo mantiene l'espressione dolce.

"Quanto alle oscillazioni nell'opinione pubblica, forse la tua ragazza avrà qualche idea in proposito."

"Sono sicuro di sì," dice Theo. "È una ragazza brillante."

La regina e il principe si voltano verso di me, con lo stesso identico sorriso. *Signorina Mavery, se potesse vedermi adesso...*

EPILOGO

DUE ANNI DOPO...

"*F*aremo tardi," dico, senza fiato.

"Me ne sbatto. Non ho mai sopportato le cerimonie." Theo mi stringe più forte la mano.

Passiamo frettolosamente davanti a solenni ritratti di re danesi. Dopo due anni di visite regolari a palazzo, ormai saprei dire il nome di quasi tutti.

"Qui." Theo mi trascina in un'alcova. Ha foglie d'oro luccicanti sulla carta da parati, ma nel complesso è decorata in modo piuttosto modesto. Perlomeno non ci sono ninfe scatenate. Non che ce ne sia bisogno. Theo ha fatto dell'inseguirmi nel tempo libero per ogni corridoio esistente e di fare di me ciò che vuole la missione della sua vita. Provo ancora un brivido ogni volta che vedo il dipinto originale di Klimt appeso nella sala d'oro. Sotto quel quadro Theo mi ha fatto cose che farebbero arrossire una porno star.

Il mio abito viene sollevato. Mi giro e lo picchio sulla mano. "Non adesso. C'è gente in giro. Turisti!"

"Non oggi. Hanno chiuso il palazzo per il matrimonio. Ho sempre desiderato farlo qui."

Mi bacia, e dimentico subito il motivo per cui non ero

d'accordo. Mentre mi distrae con la bocca e la lingua, mi spinge su un divano.

"Proprio qui," dice con un ringhio, strappandosi via la cravatta. Mi fa girare e mi lega le mani dietro la schiena. In mezzo alle mie gambe si forma un fiotto caldo. "Piegati in avanti." Mi fa abbassare sul bracciolo del divano e alza le varie gonne del mio abito.

"Cazzo, ti sei messa questo per me?" Gioca con le bretelline del mio reggicalze. "No, l'ho messo per Anderson Cooper."

SMACK! La sua mano atterra sul mio culo.

"Che ragazzaccia. Sempre ad arruffianarsi la stampa."

"Lo sai che è così." Gli faccio qualche mossetta con il sedere.

Mi stuzzica con la punta del cazzo fino a che gli chiedo implorando di mettermelo dentro.

"Lo vuoi?"

"Mmm, sì."

"Sicura? Farai la cattiva ragazza?"

"Io sono la tua cattiva ragazza. Ma se non mi scopi subito, faremo tardi davvero."

Mi dà ancora qualche sculacciata, poi me lo infila dentro.

Quando abbiamo finito, vado davanti a un gigantesco specchio dalla cornice dorata ad aggiustarmi i capelli. Con la treccia bionda e l'abito blu, sembro davvero una principessa dei ghiacci.

Abbiamo chiesto di fare un matrimonio intimo. Intimo è risultato voler dire con quattrocento invitati, più un altro migliaio di persone presenti in strada che vogliono vederci. Ho scandalizzato tutti quando mi sono rifiutata di sposarmi in bianco, ma la regina ha poi dato la sua approvazione quando Theo ha minacciato di presentarsi a petto nudo.

Non siamo una coppia reale delle più tipiche, ma a me piace così. Theo è dietro di me e si aggiusta la cravatta. "Ho controllato le notizie prima di venire," dice. "Sei più popolare di me."

"Non dimenticartelo." Gli colpisco il braccio.

"Stai attenta, signora Kensington," fa lui.

"Non puoi chiamarmi così," protesto. "Non ancora. Prima devi sposarmi." "Io ti chiamo come voglio," mi strizza forte il sedere e mi bacia.

"Sei piuttosto bello oggi, Principe Theo."

"E tu sembri una dea."

"Forse hai bisogno di un paio di occhiali."

"Forse," sorride. Sappiamo entrambi che l'intervento correttivo agli occhi dell'anno prima è filato liscio come l'olio. "Ma non ho bisogno di vederti per sapere quanto sei bella."

Arrossisco.

Romanzi Contemporanei

Il Mio Daddy È Un Marine
   Il mio fichissimo eroe dei marine vuole che lo chiami papà...

Romanzo Paranormale

La Saga dei Berserker. Questi valorosi guerrieri non si fermeranno di fronte a niente per rivendicare le loro compagne...Comincia con Venduta ai Berserker

Alfa ribelli, con Renee Rose (cattivi ragazzi licantropi) – comincia con Tentazione Alfa.

BONUS GRATUITE

LA BELLA E I BOSCAIOLI

scrivetevi alla newsletter di Lee per ricevere
un libro gratis e notifiche riguardo a nuove pubblicazioni!

https://BookHip.com/QTZXHSN

La Bella e i Boscaioli
Dopo quest'ultima stagione di taglio del bosco, chiuderò con il sesso. Per... un certo numero di ragioni.

Ma prima di ciò, devo finire un lavoretto che mi fa guadagnare diecimila dollari più vitto e alloggio per 'intrattenere' 8 boscaioli. **Otto tipi forti e robusti alla Paul Bunyan, abbastanza grossi da spezzarmi in due.**

C'è Lincoln, il capo, il tipo severo e taciturno...

Jagger, praticamente il sosia di Kurt Cobain, con un animo musicale e le movenze da rockstar...

Elon e Oren, due gemelli rossi che condividono tutto...

Saint, il genio silenzioso con un mostro nei calzoni...

Roy e Tommy, che si accontentano di guardare...

E poi c'è Mason, che mi odia e non vuol dire perché, ma nelle notti che toccano a lui cerca di farmi morire di piacere.

Mi possiedono completamente: corpo, mente e orgasmi.

Ma quando scoprono il mio segreto - il motivo per cui mi nascondo al mondo -, tutto cambia.

LA SAGA DEI BERSERKER

*Per più di un secolo, i guerrieri Berserker hanno combattuto e
ucciso per i re. Ma c'è un solo nemico che non possono sconfiggere:
la bestia dentro di sé.*

Venduta ai Berserker
Accoppiata ai Berserker

Allevata dai Berserker (solo per i fan più accaniti sulla lista e-
mail di Lee=)

Presa dai Berserker
Data ai Berserker
Rivendicata dai Berserker

SULL'AUTRICE

Lee Savino ha in programma di conquistare il mondo, ma quasi ogni giorno le capita di non trovare le chiavi o il telefono, così rimane a casa a scrivere romance "smexy" (smart + sexy). Adora il cioccolato, indossa sempre pantaloni da yoga e sta benissimo con i cappelli.

Se vuoi un po' di sano divertimento, unisciti al suo gruppo di dee (Goddess Group) su Facebook o visita il sitowww. leesavino.comper iscriverti alla newsletter e ricevere un libro in omaggio.

Sito Web: www.leesavino.com
    Goddess Group suFacebook:
    https://www.facebook.com/groups/LeeSavino/

SENZA TITOLO